Bianca™

Una atrevida proposición

Maisey Yates

HARLEQUIN™

Editado por HARLEQUIN IBÉRICA, S.A.
Núñez de Balboa, 56
28001 Madrid

UNA ATREVIDA PROPOSICIÓN, N.º 2080 - 25.5.11
Título original: His Virgin Acquisition
Publicada originalmente por Mills & Boon®, Ltd., Londres.

I.S.B.N.: 978-84-671-9998-7
Depósito legal: B-11373-2011
Editor responsable: Luis Pugni
Preimpresión y fotomecánica: M.T. Color & Diseño, S.L.
C/ Colquide, 6 portal 2 - 3º H. 28230 Las Rozas (Madrid)
Impresión en Black print CPI (Barcelona)
Fecha impresion para Argentina: 21.11.11
Distribuidor exclusivo para España: LOGISTA
Distribuidor para México: CODIPLYRSA
Distribuidores para Argentina: interior, BERTRAN, S.A.C. Vélez Sársfield, 1950. Cap. Fed./ Buenos Aires y Gran Buenos Aires, VACCARO SÁNCHEZ y Cía, S.A.
Distribuidor para Chile: DISTRIBUIDORA ALFA, S.A.

Capítulo 1

CREO que las cifras hablan por sí solas. El matrimonio es indudablemente la medida a tomar. Parecía que Elaine Chapman había puesto fin a su larga presentación.

Marco de Luca recorrió con la mirada el despacho, en busca de cámaras ocultas o cualquier otra señal que indicara que estaba allí enviada por algún programa. No era posible que aquella mujer hablara en serio.

No vio ninguna luz parpadeante ni detectó falsedad en su voz. Abandonó su búsqueda y fijó la mirada en aquel rostro decidido. Hablaba en serio. Aunque no sabía por qué le sorprendía tanto. La señorita Chapman tenía fama de hacer cualquier cosa con tal de salirse con la suya.

–¿Matrimonio? ¿Con usted? –preguntó él mirándola de arriba abajo–. ¿Y qué beneficio saco yo de ello?

Elaine se sonrojó ante aquel tono de incredulidad. Sabía que no era una belleza y evidentemente Marco también se había dado cuenta, pero tampoco estaba tan mal.

Él se acomodó en su asiento y puso las manos detrás de la cabeza, marcando los músculos de sus brazos. Elaine se obligó a fijar la mirada en sus ojos. ¿A quién le importaban sus músculos? ¿Y qué si los tenía? Después de todo, todos los hombres los tenían. No debía distraerse en aquel momento.

–¿Se ha fijado en el cuadro? –preguntó ella, alzando el gráfico para que lo estudiara.

–He escuchado lo que ha explicado, pero nada de lo que ha dicho tiene sentido. Le he dedicado veinte minutos de mi valioso tiempo y la propuesta empresarial que me hace, ¿es una propuesta de matrimonio? Tiene suerte de que no haya llamado a seguridad.

Se quedó estudiando a la mujer cansada y con aspecto deprimido que estaba de pie frente a él. La había visto unas cuantas veces a lo lejos, y siempre, incluso en fiestas de etiqueta, la había visto vestida con trajes serios y con el pelo rubio recogido en un moño. Era una de aquellas mujeres empeñadas en parecer hombres para competir en el mundo empresarial. La clase de mujeres que se esforzaban por ocultar cualquier signo de feminidad. Aquélla en particular había hecho un excelente trabajo. También sabía que, si pudiera usar su feminidad, se aprovecharía sin vergüenza ni escrúpulos, aunque no lo había experimentado personalmente.

–Ya se lo he explicado –dijo Elaine estirándose el traje antes de continuar–. Es un hombre inteligente, señor De Luca y sabe que los hombres casados ganan más que los solteros. No puede fingir que las estadísticas no le interesan. Es conocido su deseo de expandir su compañía a cualquier precio. Un matrimonio entre nosotros sería una buena estrategia empresarial.

James Preston. Aquel nombre saltó a su cabeza. James se resistía a cerrar un acuerdo multimillonario porque no quería vender su querido hotel a un hombre que no conociera las alegrías de una familia. Por ello, estaba buscando un hombre casado que tomara el mando. Marco quería llegar a un acuerdo, pero se le resistía. Llevaba semanas intentándolo. No le gustaban los fracasos. Ya había sufrido bastantes.

Una boda parecía una solución desesperada. Llevaba treinta y tres años eludiendo los compromisos y no tenía quería caer en ello ahora.

–¿De veras crees que estoy dispuesto a casarme contigo para mejorar mis beneficios?

Ella apretó los labios, incómoda ante sus palabras.

–Sí, así es. Usted es una leyenda en la industria. No sólo por todo lo que ha conseguido, que bastante impresionante es, sino por su determinación, y eso es algo que compartimos, aunque los objetivos sean diferentes.

–¿Y qué beneficio saca usted de esto, señorita Chapman? –preguntó levantándose de la mesa y rodeándola para acercarse a ella–. Porque, siendo una mujer empresaria como es, tiene que haber algún interés.

Elaine respiró hondo para calmarse. Había preparado respuestas a todas sus objeciones, pero al ser el centro de su intensa mirada oscura, sus argumentos se mezclaban en su cabeza. Nunca había visto a un hombre tan atractivo. Era el prototipo de hombre alto, moreno y guapo.

Trató de recomponer sus pensamientos y continuó con lo que había ensayado, aunque le resultó difícil concentrarse estando tan cerca de alguien tan alto, guapo e intimidatorio. Su masculinidad era tan intensa que casi se podía acariciar alargando la mano. No recordaba haber tenido antes una fantasía y allí estaba, en medio de una presentación de trabajo, teniendo pensamientos perturbadores con el hombre que tenía frente a ella. Estaba empezando a pensar que había hecho mal los cálculos.

Respiró hondo para apartar aquellas ideas e insistió.

–Mi padre, como todos los hombres de su edad, piensa que el sitio de una mujer está en la cocina. Y aunque no tengo inconveniente en que una mujer esté en la cocina, no es lo que quiero. Quiero hacerme con la compañía, pero mi padre cree que no soy capaz de dirigirla.

–¿De veras es capaz de dirigir una compañía?

Marco se apoyó en el escritorio y Elaine se fijó en sus grandes manos. Eran unas manos bonitas, masculinas y curtidas. Odiaba las manos finas en un hombre. Al menos en teoría, ya que hasta entonces nunca se había detenido a pensar en ello.

Se estaba distrayendo de nuevo. No era el momento de dejar que sus hormonas hicieran acto de presencia. Deseaba llevar a cabo su plan, lo necesitaba y no iba a dejar que aquel hombre se interpusiera.

–Soy más que capaz y estoy preparada –dijo ella poniéndose de pie–. Soy licenciada en empresariales y actualmente soy la directora financiera de una pequeña compañía. Puede estar seguro de que, con o sin esas cualificaciones, si fuera un hombre, mi padre me entregaría las riendas de la compañía con mucho gusto.

–Si tan competente es, ¿por qué no ha creado una empresa propia?

Sus labios, exuberantes cuando no los apretaba, se tensaron y entrecerró los ojos.

–Lo habría hecho, pero mi padre me hizo firmar un contrato de no competencia cuando trabajé para él. Tengo prohibido empezar un negocio que pudiera competir con Chapman Electronics.

–¿Y tan tonta fue como para firmarlo?

Disfrutaba viendo cómo se ruborizaban sus mejillas. Se preguntó si le pasaría lo mismo cuando se excitaba. Eso le llevó a cuestionarse cómo sería despertar la pasión en una mujer como Elaine.

–En aquel momento pensé que el negocio me lo pasaría cuando se retirara, así que no le di importancia –dijo ella cortante.

–¿Y piensa que un matrimonio de conveniencia le va a ayudar a salir de esta situación en la que usted misma se ha metido?

–Ya se lo he dicho. He hecho mis averiguaciones –dijo dando un paso hacia él y poniendo los brazos en jarras, marcando su estrecha cintura y la redondez de sus pechos–. Sé que usted está decidido a hacerse con la compañía de mi padre una vez se jubile.

–¿Y qué ventaja saca con la boda?

–La operación ya está cerrada y los contratos ya están firmados, ¿verdad? –dijo ella a modo de respuesta y él asintió–. Ahora, mi padre no puede echarse atrás.

–Bueno, podría intentarlo, pero no sería cómodo para él.

Su voz era enérgica, lo que dejaba pocas dudas de que estaba diciendo la verdad. Parecía completamente despiadado. Eso le gustaba.

–Si me caso con usted, como su esposa poseeré la mitad de sus bienes, lo que me hará copropietaria de los negocios de mi padre. Podría negociar simplemente una compraventa, pero hay una cláusula en su contrato que dice que, si me vende a mí, perderá la compañía.

–Sí, conozco la cláusula de la que me habla. Lo cierto es que me hizo gracia. No sé si la añadieron por su sexo o por su competencia.

Su voz grave tenía una nota de burla que la hizo estremecerse.

–Mi padre es un consumado machista. Lo ideal sería mandarle al psiquiatra para que resolviera sus problemas. Quizá así pudiéramos llegar a algún tipo de acuerdo –dijo ella con amargura–. Pero eso no es posible, así que aquí estoy. Mi padre es un buen empresario, un adversario a tener en cuenta. Pero yo soy mejor. He encontrado un vacío legal. El contrato dice que no puedo comprar el negocio, pero no dice nada de hacerme con él por medio de un divorcio –dijo sin poder disimular su satisfacción.

Elaine se quedó estudiando su rostro, tratando de averiguar lo que estaba pensando, pero no lo consiguió. Aquel hombre parecía de piedra.

Marco reparó en el montón de documentos.

–Señorita Chapman, a mí me parece que sólo ha considerado el acuerdo desde un punto de vista. Usted consigue un negocio familiar, ¿y yo qué? ¿Un incremento de beneficios basado en estadísticas hipotéticas? Creo que no. Así no se hacen los negocios.

–Sé cómo se hacen los negocios –replicó ella–. Estoy preparada. Estudié en Harvard.

–Las horas de clase no enseñan la realidad del mundo empresarial. Usted sabe de números, de escenarios teóricos, pero no sabe nada de cómo funcionan las cosas de verdad. Como prueba, su disposición a firmar cualquier cosa que su padre le ponga por delante.

Ella alzó la barbilla en señal de desafío.

–Sé cómo funcionan las cosas. El dinero es lo que hace que el mundo gire. Y lo que propongo le reportará dinero. Obtendrá mayores beneficios con esto que con el insignificante negocio de mi padre. Chapman Electronics apenas factura el quince por ciento de lo que cualquiera de las filiales de De Luca Corporation obtiene al año. Casarse conmigo puede suponer disparar los beneficios en un diez por ciento en cada una de las compañías del imperio De Luca.

La punta de su lengua rozó su labio inferior. Sus labios eran gruesos y tentadores. Podía imaginárselos abriéndose bajo los suyos, mientras le permitía acceder a su boca. Se la imaginó desprendiéndose de su dura coraza y derritiéndose ante él.

Había hecho un gran trabajo disimulando su natural feminidad. Un trabajo tan bueno que para la mayoría de la gente habría pasado inadvertido. Pero una belleza tan natural como la suya era imposible de ocultar completamente. Tenía unos ojos grandes de color azul, finas cejas arqueadas y piel clara. No iba tan maquillada como las mujeres con las que él solía salir y había una frescura en su aspecto que lo intrigaba.

Hacía tiempo que una mujer no lo intrigaba de aquella manera. Según su experiencia, las mujeres siempre se comportaban de la misma manera ante un hombre rico. Eran seductoras, transparentes y, una vez apagada la llama, aburridas.

–¿Y cuánto debería durar ese matrimonio?

El atrevimiento de aquella proposición le hacía plantear aquellas preguntas. Era interesante conocer a alguien tan decidido como él a conseguir éxitos.

–Desde luego que no hasta que la muerte nos separe. Imagino que doce meses son suficientes para parecer que lo hemos intentado. Por desgracia –dijo encogiéndose de hombros–, como ocurre en el cincuenta por ciento de los matrimonios, el nuestro no superará la prueba del tiempo.

Seguía sin creer que tan sólo quisiera Chapman Electronics. Una mujer que estaba dispuesta a vender su cuerpo por un contrato, no podía estar interesada en algo insignificante.

–¿Y después de esos doce meses es cuando piensa conseguir un acuerdo? ¿Qué alegará como motivo de divorcio? ¿Una infidelidad?

–Ya le he dicho que mi interés es la compañía, ni más ni menos.

–Entonces, ¿cómo se incrementarán mis beneficios cuando nos divorciemos?

–Eso es lo bueno –dijo sonriendo–. Cuando su esposa le abandone y rompa su corazón, sus beneficios se incrementarán aún más.

–Lo que usted diga.

Ella le dirigió una mirada lastimera y continuó:

–La empatía es un sentimiento muy poderoso. La mayoría de los hombres con los que trata están divorciados, normalmente porque están más comprometidos con su trabajo que con sus esposas. Cuando su esposa lo abandone, muchos de ellos estarán cerca dispuestos a ofrecerle su compasión y sus puros.

Todo él se puso en alerta. Su sangre bombeaba con fuerza, al igual que lo había hecho al alcanzar aquel acuerdo tan rentable. Vivía para aquello, para los desafíos y los peligros, y no iba con él eludirlos.

No necesitaba más dinero, pero lo deseaba. El muchacho que había dormido en callejones mugrientos y en abarrotados albergues para vagabundos, ansiaba seguridad. Necesitaba tirar para adelante y olvidar todo lo que había sido. Necesitaba constantes éxitos para olvidar los fracasos y esfuerzo.

–Tendrá que haber un acuerdo prenupcial y no crea que me contentaré con que lo redacte usted o su abogado. Tal y como yo lo veo, podría echarla por esa puerta y no perdería nada. Sin embargo, usted lo perdería todo.

Elaine se sorprendió al comprobar que estaba a punto de aceptar su oferta. Evidentemente, había confiado en que así fuera, pero no las había tenido todas consigo.

–No tengo ningún problema en firmar un acuerdo prenupcial. No quiero nada de usted, salvo lo que es mío por derecho.

Él la miró de arriba abajo, haciéndola sentir como si fuera una pieza de subasta.

–¿Consumaremos el matrimonio?

Parecía importante saberlo. Sorprendentemente, su cuerpo estaba reaccionando a la idea. La silueta que había adivinado bajo su atuendo masculino le resultaba tentador. Y había algo en aquella blusa de cuello alto que parecía pedir a gritos ser desabrochada botón a botón.

Se sorprendió al ver que se ruborizaba desde el cuello hasta las mejillas. No había visto ruborizarse a una mujer desde... Bueno, las mujeres con las que solía relacionarse no eran de las que se sonrojaban. Eran como él, entusiastas en lo que a la vida y a las relaciones se refería. Le gustaban las mujeres que sabían complacer a los hombres, mujeres que entendían que el sexo no era amor.

Normalmente no le atraían las mujeres inocentes, porque sabía que aquello era una fachada. Pero le resultaba sugerente verla sonrojarse. El aspecto de empresaria serena parecía desvanecerse y revelar una mujer capaz de mostrarse cálida y sexy.

–¡No!

No quería que pareciera que su pregunta la había alterado, pero no era tan buena actriz como para fingir que no le había afectado la mención del sexo que había hecho. No estaba acostumbrada a comentar aquel tema a plena luz del día.

–Quiero decir que es libre para hacer lo que quiera, con quien quiera –continuó ella–. Por supuesto que con discreción. Sinceramente, dudo que cualquier de esos viejos y conservadores empresarios sientan compasión si se enteran de que ha tenido aventuras a espaldas de su mujer.

Él recorrió su cuerpo con su mirada y de repente descubrió el encanto de las mujeres que ocultaban más que revelaban. Le estaba despertando una insoportable curiosidad.

Se preguntó qué sería necesario para que se relajara y se soltara la melena. Se la imaginó con su pelo rubio revuelto alrededor del rostro, con las mejillas sonrojadas por la pasión y con los labios hinchados por los besos, sus besos. Decidió calificarla como una amante agresiva. Una mujer tan decidida a dar tanto como lo que obtenía en una sala de juntas, tenía que comportarse del mismo modo en el dormitorio.

Tuvo una erección tan sólo de pensarlo. Dejó que sus ojos pasearan por su silueta, reparando en las huellas de la exuberancia que se adivinaban bajo su ropa amplia. Sí, debajo de aquella armadura había toda una mujer, delgada y curvilínea.

–¿Con quien quiera? –preguntó bajando la voz y acariciando su mejilla con los nudillos.

A Elaine nunca le había mirado así un hombre. Era como si pudiera atravesarla con la mirada. Sus ojos transmitían deseo. Se quedó inmovilizada por la sacudida de atracción que la invadía. Nunca antes había experimentado aquella sensación que se le había formado en el estómago.

–¿Y si le digo que la deseo?

Se dio cuenta de que estaba empezando a aproximarse a él. Sus labios ligeramente separados, como invitándolo, sus ojos entrecerrados... Rápidamente, se apartó como si se hubiera quemado, con el rostro ardiendo.

–¡No! Esto es un asunto de negocios y no tengo ningún interés en enturbiar las aguas. Además, no sería apropiado.

Le ardía el rostro y sabía que estaba brillando como un faro. Estaba empezando a desear no haber ido.

Él rió. Resultaba muy divertida, tratando de mostrarse correcta y formal.

–Entendido.

Sería mejor así. Era preferible mantener los negocios y el placer separados, sobre todo si había una licencia de matrimonio de por medio. No quería estar atado a una mujer durante un año y tenía la sensación de que, si se acostaba con ella, la oferta de «cualquiera en cualquier momento» sería revocada.

De todas formas, si cambiaba de opinión podría tenerla si quisiera. Lo había visto en sus ojos y en los acelerados latidos de la base de su cuello. No era inmune a él. Claro que por su experiencia sabía que pocas mujeres lo eran. Adoraban su estatus, su riqueza y su destreza en la cama. A veces incluso se enamoraban de él. Pero él nunca se dejaba embaucar.

–Tendrá que mudarse a mi ático –dijo él.

–¡Por supuesto que no!

De nuevo, volvía a ponerse nerviosa, lo que le daba un aspecto más femenino y resultaba más deseable.

–Mi esposa no puede vivir al otro lado de la ciudad –dijo él dando un paso hacia ella–. Tengo una reputación que mantener. Me gusta tener a la mujer con la que estoy lo más cerca posible.

Su tono de voz, suave y seductor, le causó un estremecimiento en la espalda. Cuando pensó en aquella solución, no se había imaginado viviendo juntos. La idea de verse compartiendo hogar con un hombre tan perturbador como Marco, la hacía sentirse exaltada.

Pero podía hacerlo. Para hacerse con el negocio estaba dispuesta a lo que fuera. No quería que la ambición de su vida se le escapara.

–Si tenemos que vivir juntos, puede mudarse a vivir conmigo.

–No, usted se vendrá a vivir a mi casa... Y llevará mi apellido.

–¿Cómo? –dijo ella y su rostro volvió a sonrojarse–. Nunca lo haría ni aunque fuera un matrimonio real. Me parece muy machista hacer que una mujer pierda su identidad sólo porque se case. Es una manera arcaica de control.

–Entonces, llámame cavernícola –dijo encogiéndose de hombros–. No soy precisamente un hombre moderno y sensible. En lo que a relaciones se refiere, al igual que en los negocios, me gusta estar al mando. Nadie se lo creería si me mudo a vivir con usted y mantiene su apellido de soltera. Mis clientes conservadores me perderían el respeto.

Elaine había tomado aquella decisión hacía tiempo y no podía echarse atrás ahora.

–De acuerdo –dijo entre dientes.

–Y quiero que entienda que como mi esposa, mi satisfacción es su prioridad. Estoy decidido a aprovechar todos los beneficios que este acuerdo pueda reportarme.

–Ya se lo he dicho. No voy a dormir con usted. No haga que me sienta como una buscona.

¿Cómo podía ser un hombre tan arrogante?

–No es eso lo que he dicho. No tendré problema alguno en encontrar una mujer con la que compartir mi cama. Lo que necesito es una mujer del brazo y que me mire embelesada. Cuando tenga algún evento que requiera su presencia, será una prioridad por encima de su trabajo o de su vida social.

Podía adivinar la discusión que estaba teniendo consigo misma con tan sólo mirar sus ojos azules.

–De acuerdo. Acepto sus términos.

–No tengo ninguna intención de que este acuerdo sea indefinido. No es así como trabajo. Incluso aunque acabara en mi cama, tan sólo será hasta que termine el acuerdo. No se enamore de mí, porque yo no me enamoraré de usted.

Aquello era una versión de la advertencia que solía hacer al inicio de una relación. Si había algo que no soportaba, era que una mujer se pusiera sentimental y se mostrara sorprendida al terminar la relación. Y las relaciones siempre tenían un final.

–Lo intentaré –dijo Elaine fríamente.

Aquello la devolvió a la realidad. Era un mujeriego dominante, la clase de hombre que más detestaba, y haría bien en recordarlo.

¿Que no se enamorara de él? Había tenido que evitar reírse en su cara. Ni siquiera le caía bien. Además, ¿cómo iba a enamorarse si habían dejado a un lado toda emoción?

–Muchas mujeres antes que usted se han enamorado de mí. O de mi cartera, que para el caso es lo mismo.

–Créame cuando le digo que no estoy interesada en usted o en su cartera. Soy capaz de mantenerme económicamente y mi gusto por los hombres no incluye reliquias de tiempos pasados.

–Trato hecho –dijo él, dibujando una sonrisa en su rostro.

Ella alargó la mano y él la estrechó. Aquella mujer sólo pensaba en negocios, excepto cuando se sonrojaba.

–Bien, señor De Luca, será un placer trabajar con usted –dijo mostrando una sonrisa profesional–. Haré que mi abogado llame al suyo para que empiecen a redactar el acuerdo prenupcial. Consulte su agenda para que podamos elegir el día de la boda.

–Claro –dijo él y ella se giró en dirección a la puerta–.

¿Señorita Chapman? –la llamó, haciéndola detenerse–. Mañana la recogeré a las ocho. Iremos a elegir el anillo de compromiso por la mañana.

A punto estuvo de decir algo, pero se mantuvo callada.

–Ah, y asegúrese de ponerse algo femenino.

Capítulo 2

ELAINE miró el reloj de su mesilla, mientras la alarma le recordaba que era hora de levantarse de la cama. No había dormido nada. No había dejado de dar vueltas en la cama, analizando todo lo que había pasado el día anterior.

Estaba lejos de ser romántica. Era una mujer práctica hasta la médula. Aquel matrimonio era tan sólo un asunto de negocios. La firma del contrato obligaría a ambas partes, siendo de aplicación una penalización si él rompía el acuerdo. Pero de pronto, parecía algo más importante que la mera firma de un contrato. Se iba a casar con aquel hombre.

Salió de la cama y se dirigió al armario. Le había dicho que se pusiera algo femenino. Si no necesitara tanto su ayuda, le habría dicho dónde podía meterse sus opiniones acerca de su forma de vestir. Pero no estaba dispuesta a estropear aquel acuerdo poniéndose cabezota por un asunto tan tonto. Se reservaría para cosas más importantes. Aquello, aunque fuera una herida en su orgullo, podía superarlo.

Rebuscó en su armario. Tan sólo había formales trajes de chaqueta en colores oscuros. Eran prácticos, aunque no bonitos y menos aún femeninos. Seguramente su idea de feminidad era un corsé y un liguero.

Al fondo del armario encontró un vestido amarillo

hecho un ovillo. Lo sacó y lo estiró. Tenía flores y no dejaba de ser un vestido.

Se dio una ducha rápida y se afeitó las piernas. Al mirarse al espejo, vio sombras oscuras bajo sus ojos por la falta de sueño. Parecía un mapache.

Hacía tiempo que no sacaba partido de su aspecto. Últimamente se preocupaba de disimular su belleza con trajes que camuflaban su figura y recogiendo su melena dorada en un moño. No le gustaba cómo le sentaba, pero al menos había conseguido que los compañeros de trabajo dejaran de darle palmadas en la espalda y de mandarla a hacer café.

Sacó su neceser de maquillaje e hizo memoria de la última vez que había asistido a una fiesta benéfica. Hacía seis meses, demasiado tiempo desde la última vez que se había puesto maquillaje.

Aunque no hubiera tenido aquellas bolsas en los ojos, se habría sentido inadecuada para tomar el brazo de un hombre como Marco de Luca. Él era el ejemplo de lo diferentes que eran hombres y mujeres en el mundo laboral. Para él, su aspecto era un activo, mientras que a ella los hombres la trataban como una muñeca y las mujeres como a una enemiga.

Al principio no había ocultado su cuerpo. No había sentido que fuera una desventaja ser una mujer. Pero había aprendido pronto. Tan sólo había sido necesario un incidente para acabar en la lista negra de todas las compañías inmobiliarias de la ciudad. Un pequeño rumor que todo el mundo había creído a partir de una foto.

Incluso el hombre implicado en el incidente lo había negado, pero eso no había servido de nada para acallar a los cotillas de la ciudad. Al final, el hombre había mantenido su puesto de trabajo y ella, a la edad de veinte años, había aprendido lo que era el mundo empresarial dominado por los hombres.

Se aplicó el maquillaje necesario para ocultar las ojeras y se puso un poco de colorete, rímel y brillo de labios para resaltar ligeramente sus rasgos. Se quedó satisfecha de los resultados. No ganaría ningún concurso de belleza, pero se veía bien.

Miró el reloj. Le quedaban cinco minutos. Corrió al vestidor y sacó un sujetador y un tanga amarillos. Su gusto por la ropa interior era la única concesión a la feminidad.

El timbre de la puerta sonó y tuvo una extraña sensación en el estómago. Se llevó una mano al vientre en un intento de contener aquella emoción. Lo último que necesitaba era comportarse como una adolescente enamorada. No lo había hecho ni siendo una adolescente, así que no había razón para hacerlo ahora que tenía veinticinco años.

–¡Ya voy! –dijo, tratando de abrocharse el sujetador.

Se miró una última vez en el espejo y sonrió. Su pelo estaba empezando a rizarse. No solía dejar que se le secara el pelo al aire, pero en aquel momento no podía preocuparse por ello.

Se puso el vestido por la cabeza mientras salía de su habitación. Era más corto y tenía más escote de lo que recordaba. Probablemente la última vez que se lo puso fue en el instituto. Pero ya era demasiado tarde para cambiarse.

Abrió la puerta y al instante su corazón se detuvo. Si el día anterior estaba guapo con su traje, ese día estaba arrebatador con unos vaqueros oscuros y una camisa blanca. El color de la camisa realzaba su piel morena y llevaba las mangas subidas hasta los codos, dejando ver sus brazos musculosos.

Aquella sensación de tensión había vuelto a su estómago. Al parecer, unos brazos musculosos eran otra de las cosas que le gustaba en los hombres.

Se había quedado mirando fijamente sin poder evitarlo. Por suerte, él no se había dado cuenta. Quizá estaba tan acostumbrado a que las mujeres lo observaran que ya lo daba por sentado.

–Está lista –dijo en un tono que no supo si interpretar como de halago–. Normalmente a las mujeres les gusta hacerme esperar al menos media hora. ¿No cree que hace frío para ese vestido tan ligero?

El vestido le llegaba a las rodillas, dejando ver las estupendas piernas que solía camuflar bajo los pantalones.

–¿Ligero? –repitió estirándose el vestido–. Es un vestido adecuado. Además, es lo único que tengo que se puede considerar femenino.

Aunque lo dijo en tono amable, se adivinaba que el comentario la había incomodado.

Él también lo estaba. Lo último que quería era llevar a una mujer de compras y menos aún, llevarla a comprar un anillo. El compromiso y todo lo que tuviera que ver con él, era algo que siempre se había esforzado en evitar. Había pasado gran parte de su vida velando por las necesidades de otros y tratando de ser una influencia positiva. Tan pronto como su hermano pequeño cumplió dieciocho años, Marco había recuperado su vida y no estaba dispuesto a perderla lanzándose a las garras de una mujer ambiciosa.

Normalmente, cuando compraba joyas o cualquier otro regalo a una mujer, era su secretaria la que se ocupaba. Hacerlo de otra manera era demasiado personal y transmitiría algo que no había.

Pero era un mal necesario. Llamaría la atención sobre ellos y le daría a la prensa algo con lo que entretenerse. Lo cual era precisamente lo que quería.

–Está bien –dijo, tratando de que no se le notara lo mucho que le había gustado el vestido–. Póngase una chaqueta.

–De acuerdo, siempre y cuando cuente con su aprobación, señor De Luca.

Tomó una chaqueta y cerró la puerta.

Marco caminaba tras ella, intentando no prestar demasiada atención al bamboleo de sus caderas bajo aquel vestido corto. Sintió que todo su cuerpo se tensaba y a punto estuvo de dejar escapar un gemido. ¿Cómo saber que Elaine Chapman ocultaba unas piernas capaces de hacer caer a un hombre sobre sus rodillas? Aquella imagen le trajo a la mente un puñado de interesantes posibilidades.

Sacó las llaves del bolsillo y apretó el botón del mando a distancia, que encendió las luces de un Ferrari negro.

–Pensaba que sería rojo –bromeó ella.

–No me gusta ser tan previsible.

Tuvo que contener la risa. Marco era demasiado previsible en todo. Su ropa evidenciaba su fortuna, desde los trajes hechos a medida hasta sus zapatos de piel italianos. Y su cuerpo pedía sexo, desde sus anchos hombros hasta su aire arrogante. Transmitía seguridad y eso le daba envidia. No hacía las cosas buscando agradar. Tan sólo hacía lo que quería.

Abrió la puerta del copiloto y le hizo un gesto para que se sentara. Ella se detuvo y le dirigió una mirada que podía haber hecho derretir el hielo.

–¿No le gusta que los hombres le abran la puerta? –preguntó él arqueando una ceja.

–Puedo hacerlo yo misma.

Estaba siendo testaruda y lo sabía. Siempre que un hombre se ofrecía a abrirle la puerta, lo dejaba.

–Sí, estoy seguro de que puede, pero hoy está conmigo. Eso quiere decir que la trataré como trataría a mi amada, *bella mia*. Y será mejor que empecemos a tutearnos.

Elaine sintió que las rodillas se le doblaban y decidió sentarse en el asiento de cuero del coche para evitar perder el equilibrio.

–Ahora, vayamos a comprar un anillo –dijo dibujando una sonrisa arrogante–. Algo que demuestre al mundo que eres mía.

Cuando entraron en Tiffany & Co., un torbellino de sensaciones la invadieron. El entorno sofisticado y el hombre que la acompañaba parecían formar parte de una fantasía romántica.

–Tenemos una cita –susurró él, poniéndole una mano en la espalda mientras la guiaba a través de mostradores llenos de exquisitas joyas.

Apenas podía concentrarse en las joyas. Toda su concentración estaba puesta en el punto de la espalda en donde Marco tenía su mano. Dejando a un lado el apretón de manos y la caricia a su mejilla, aquél era el primer contacto físico que tenían. No había reparado en lo mucho que lo deseaba hasta entonces.

Una dependienta alta y delgada salió de detrás de uno de los mostradores y saludó a Marco con un beso en ambas mejillas.

–Ah, señor De Luca. Tenemos la sala privada lista para usted. Si hay algo en particular que tenga en mente, tan sólo pídalo –dijo con un acento francés que Elaine asumió fingido.

–No quiero nada exagerado –protestó Elaine.

–Nada es demasiado para ti, *cara mia* –dijo Marco en tono almibarado.

La mujer tomó la mano de Elaine.

–Unos dedos muy bonitos, muy finos –comentó–. Le quedará bien la talla de las muestras.

Empezaba a sentirse como si Marco y la dependienta la vieran como un maniquí.

–Por aquí –dijo la mujer, señalando una escalera en curva que les condujo hasta una habitación decorada con muebles modernos y vivos colores.

Habían dispuesto una bandeja de fruta y una botella de champán para ellos y sonaba una música suave. La vida era diferente cuando uno tenía millones de dólares a su disposición.

La mujer fue hasta un mueble y abrió con llave uno de los cajones. Luego, sacó una bandeja de terciopelo de color crema llena de piedras brillantes.

–Éstas son de nuestra colección *Signature*, para la mujer que quiere destacar.

Todos los anillos eran grandes y recargados. Eran bonitos, pero la idea de elegir uno para aquella mentira...

–No sé...

–Éste –dijo Marco eligiendo un anillo de diseño antiguo con un diamante azul en el centro–. Es perfecto.

Fingió una sonrisa. Así que la oferta de *carte blanche* suponía que él podía obtener lo que él quisiera. Un anillo de aquel tamaño era el equivalente a un animal marcando su territorio.

–Sí, pero ya me conoces –comentó ella entre dientes–. No me gusta llamar la atención –dijo repitiendo sus palabras.

Estudió la bandeja en busca de algo más discreto. Se

quedó sin aliento al reparar en un anillo de platino con una esmeralda rodeada de pequeños diamantes, lo que le daba un aire antiguo y romántico.

La imagen que surgió en su cabeza de Marco poniéndole el anillo en el dedo, con los ojos llenos de una emoción que no supo reconocer, la pilló con la guardia bajada.

Marco se acercó a ella tanto que pudo sentir el calor de su cuerpo.

–¿Es ése el que te gusta?

Su aliento cálido alcanzó su nuca y su estómago dio un vuelco.

–No sé.

La idea de que aquel anillo formara parte de aquella farsa la ponía enferma.

–Es como tú, único –dijo susurrando.

Con razón las mujeres caían rendidas a sus pies. Todo en él era peligrosamente tentador. Por un momento, deseaba creerse aquella fantasía.

Cerró los ojos. Sabía que nunca tendría una boda de verdad. Nunca experimentaría ese momento de verdad. ¿Por qué no disfrutarlo?

–Nos llevamos éste y la alianza que vaya a juego –dijo a la dependiente sin esperar respuesta de Elaine.

Seguía demasiado cerca. Su cabeza parecía haberse puesto en huelga.

La mujer se fue a por el muestrario de alianzas, dejándola a solas con Marco. Apenas podía respirar.

–Tranquila –le susurró al oído–. Tiene que parecer que te gusta mi roce, como si te recordara los placeres que compartimos –dijo deslizando su mano desde la cintura hasta la base de su pecho.

Un temblor recorrió su cuerpo y la hizo estremecerse. Nunca antes había tenido aquella clase de contacto.

–No creo que tengas que disimular que te gusta.

Su comentario arrogante fue suficiente para sacarla de su nube. Se apartó de él, incapaz de recobrar la calma. Simuló estar observando un cuadro de la pared mientras su cuerpo seguía recordando el sitio donde su mano había hecho contacto.

La mujer volvió a la sala con una sencilla alianza de platino, diseñado para combinar con el diseño asimétrico del anillo.

–Éste es perfecto.

–Nos los llevaremos envueltos, si no es mucha molestia –dijo Marco con los ojos clavados en ella–. Quiero esperar y dárselos más tarde.

La sonrisa que le dedicó fue cálida e íntima, pero no destinada a ella. Era tan sólo de cara a la galería. No quería saber el significado de la fría y oprimente sensación que sentía en el pecho.

Una hora más tarde, con las compras envueltas, estaban de nuevo paseando bajo el sol, cuyos cálidos rayos disminuían el ambiente frío.

El teléfono móvil de Marco sonó.

–¿Dígame? –dijo e hizo una pausa–. Adelante con cien mil –añadió y después de otra pausa continuó–: En absoluto, merece la pena. Gracias, tú también.

Colgó y se guardó el teléfono en el bolsillo.

–¿Era una obra benéfica? –preguntó ella, sintiendo que el corazón se le ablandaba.

–Sí, se trata de una organización benéfica que facilita ayuda a familias con hijos que tienen necesidades especiales. Suelo hacerles donaciones.

–Es muy amable de tu parte.

–No soy un hombre amable, *cara* –dijo deteniendo

su paso–. Cuanto antes te des cuenta de ello, más fácil será tu vida durante los próximos doce meses.

–Pero has donado todo ese dinero...

–En mi beneficio. Es una importante donación. La filantropía puede hacer mucho bien en los negocios.

Se apartó de ella y siguió caminando. Sus pasos eran tan largos que no le quedó más remedio que acelerar los suyos.

Todos los cálidos sentimientos se desvanecieron. Sabía que era despiadado en lo que a negocios se refería. Su reputación era legendaria. Diez años atrás, aquel hombre se había convertido en el multimillonario más joven del mundo. Era conocido por hacer desaparecer cualquier obstáculo en su camino, aunque para ello tuviera que llevarse a cualquiera por delante. Lo importante era el resultado. ¿Acaso el hecho de que hubiera accedido a casarse con ella para aumentar sus beneficios no era prueba suficiente? Aunque teniendo en cuenta que había sido idea suya, ella entraba en la misma categoría.

Su reputación con las mujeres era tan legendaria como su visión para los negocios. Un par de años atrás había roto con una modelo italiana y ella había vendido su historia a las revistas de cotilleos. Había dado un montón de detalles y desde entonces, él se había convertido en un personaje habitual de aquellas publicaciones. Elaine dudaba de que la mitad de lo que había contado aquella mujer fuera verdad, pero de lo que estaba segura era de que él se las arreglaba para ser fotografiado con una mujer diferente cada fin de semana.

Estaba preparada para aquello. Sabía que era un hombre sexy y que su encanto atraía a casi todas las mujeres. Pero lo había sobreestimado. Había asumido que con la indiferencia que mostraba por el sexo masculino, estaría inmune. Lo cierto era que no.

Era la única pega a su acuerdo. Sabía que era guapo, ya que lo había visto en fiestas benéficas, en la oficina de su padre y en las fotos de las revistas, pero no se había preparado para lo atractivo que era de cerca. Su rostro era muy masculino, con unos bonitos ojos marrones enmarcados por largas pestañas. Era suficiente para hacer que la boca se le hiciera agua. Su cuerpo era otro problema.

Ralentizó el paso y disfrutó con la visión. Un escalofrío de algo nuevo y terrorífico la recorrió. Tenía un pecho amplio y musculoso, una cintura fina y las caderas estrechas, además del trasero más sexy que jamás había visto. Había reparado en todo aquello viéndolo vestido. Si vivía con él, las posibilidades de verlo sin camisa o llevando sólo una toalla eran grandes. La imagen hizo que le temblaran las rodillas.

Marco se giró y la miró arqueando una de sus cejas negras. Por la expresión de sus ojos, supo que se había dado cuenta de que había aprovechado su posición para estudiarlo.

Aceleró el paso y se colocó a su lado, tratando de olvidarse de sus pensamientos.

–Eres todo un maestro de la imagen pública. ¡Una novia y una donación en un mismo día! –exclamó, borrando las imágenes que tenía en su cabeza.

–Así se consigue la mitad de los negocios, Elaine. Deberías saberlo.

Sus mejillas se sonrojaron. Aquel hombre arrogante y exasperante pretendía darle lecciones.

–Lo sé. Es sólo que no estoy acostumbrada a que una imagen pública tan estudiada sea tan diferente a la persona real.

–La imagen es importante, pero el olfato para los negocios y una agresividad inquebrantable hacen el resto.

Sintió como si sus ojos pudieran ver a través de su impecable fachada a la muchacha insegura que había en ella, y eso no le gustó.

–Agresividad no te falta ni tampoco una vena mercenaria. El que te dejes comprar por mí es buena prueba de ello.

–No me estoy dejando comprar. No hagas que parezca una más en el harén. Hemos llegado a un acuerdo. Sí, sé que son condiciones poco habituales, pero no había otra forma. Créeme, si hubiera habido otra manera, no estaría aquí contigo.

–No lo has entendido, *cara mia*. Admiro tu habilidad para olvidarte de las emociones femeninas a favor de un matrimonio con ganancias para ambos –dijo abriendo la puerta del coche, que estaba aparcado junto a la acera–. Siempre y cuando no olvides que todo lo que vas a sacar de esto es la compañía de tu padre.

Inclinó la cabeza y se acercó a ella. Al percibir su olor a espuma de afeitar, sintió que el estómago le daba un vuelco. Tragó saliva.

–Como ya te he dicho, no tengo interés en tener un marido. Tampoco tengo interés en tu fortuna. Quiero lo que me pertenece. Como hija única, creo que no es extraño que espere heredar la compañía. Sé que puedo hacerlo y, si él me diera una oportunidad, también se daría cuenta.

–¿En eso consiste todo esto? ¿En demostrarle a tu padre de qué eres capaz?

–No. Quiero llevar el control de mi vida y hacer algo por mí misma. Seguramente lo entenderá.

Se metió en el coche y cerró la puerta. Él se subió y giró la llave, haciendo rugir el motor.

–Soy un hombre hecho a sí mismo. Todo lo que tengo me lo he ganado –dijo cambiando de marcha mientras se incorporaba al tráfico–. Incluida mi reputación. Una reputación seria es difícil de hacer y una sola indiscreción puede afectar a años de trabajo. Por eso la imagen es tan importante. Lo siento si te parece hipócrita.

–Por eso necesitas una esposa –dijo, tratando de no sonar engreída.

Él soltó una risotada.

–No te necesito, *cara*, pero desde luego te sacaré alguna utilidad –dijo y miró su reloj–. Tengo una reunión esta noche que no puedo cancelar –añadió y la miró, despertando un deseo en ella que le resultaba insoportable–. Pero tú y yo tendremos una cita mañana por la noche.

Capítulo 3

EL TELÉFONO llevaba sonando todo el día. No tenía ni idea de cómo los periodistas habían dado con la extensión de su despacho. En cuanto dejara de sonar, tendría que interrogar a sus empleados.

Lo cierto era que quería prensa. Eso era parte del acuerdo. Pero no quería que los periodistas tuvieran acceso directo a él. Era tarea de su secretaria filtrar las llamadas y la pagaba muy bien por ello.

La visita a Tiffany's había provocado el efecto que buscaba. La foto de él con Elaine entrando juntos y saliendo con un puñado de bolsas había aparecido en todas las publicaciones. En una de ellas, le vinculaban incluso con la mafia. Su herencia italiana debía de ser el origen de dicho rumor. Claro que algunas revistas no necesitaban mucho para inventar una historia.

Eso, combinado con la información estratégicamente filtrada de su reserva en La Paz, el restaurante de moda de Manhattan, había despertado en la prensa el interés por averiguar más acerca de Marco de Luca y su mujer misteriosa.

Contestó el teléfono al primer timbre.

–Le diré lo mismo que le he dicho a los demás. La señorita Chapman y yo haremos declaraciones cuando haya algo que comentar.

Por su experiencia, los desmentidos eran la mejor manera de alimentar un rumor. Cuanto más lo negara, más interés despertaría.

–Es una lástima. Pensé que serías más franco con tu hermano.

–Rafael.

Se sorprendió gratamente al oír la voz de su hermano pequeño. A pesar de vivir a poco menos de media hora uno de otro, al ser Marco un adicto al trabajo y Rafael un hombre hogareño, era difícil hacer coincidir sus agendas.

–Imagino que habrás visto el periódico de esta mañana.

–Sí, Sarah me lo ha enseñado. Le encantan los cotilleos. Aunque dudo que te vayas a casar con esta mujer para salvar a su padre de la mafia.

Marco rió.

–La mafia ha dejado de pedir mi opinión acerca de a quiénes tiene que romper las piernas.

–Entonces, ¿por qué te casas?

Marco sacó un bolígrafo y empezó a hacer anotaciones en su agenda.

–Por los motivos habituales.

–¿Por amor? –preguntó Rafael en un tono de voz que Marco interpretó como de esperanza.

Su hermano había bebido el brebaje del amor dos años antes y parecía pensar que él quería hacer lo mismo.

–No, por motivos económicos –contestó y le explicó en qué consistía el acuerdo al que había llegado.

–Eso parece típico en ti –comentó Rafael.

–Porque es típico en mí, hermanito. No todos somos felices dirigiendo una pequeña oficina inmobiliaria. Algunos tenemos ambición.

–En mi pequeña oficina inmobiliaria se cierran operaciones millonarias. Además, me gusta volver cada noche junto a mi esposa.

–Bueno, eso es lo que a ti te gusta –dijo Marco cortándolo–. Yo ya he criado un chico y no tengo pensado volver a hacerlo. No tengo previsto ningún tipo de compromiso en mi agenda. Esto lo hago por negocios.

Rafael carraspeó.

–Sé que cuidar de mí no fue fácil. Pero te estoy agradecido.

–No necesito tu agradecimiento, Rafael. Eres mi hermano y lo hice con mucho gusto. Pero este matrimonio, si es que quieres llamarlo así, es tan sólo un asunto de negocios. No durará de por vida, como mucho un año. Si ninguno de nosotros ha alcanzado su objetivo para entonces, cada uno seguirá su camino.

–¿Qué me dices de ella? ¿Sabe que no estás locamente enamorado de ella?

Marco soltó una carcajada.

–Soy un maldito bastardo, pero tampoco soy tan malo.

–Seguirás adelante con esto a pesar de lo que te diga, ¿verdad?

–Siempre. Pero ¿querrás ser mi padrino? Será la única oportunidad que tendrás.

–Por supuesto. Nadie más estaría dispuesto a serlo.

–Probablemente sea verdad –dijo Marco riendo–. Bueno, ahora tengo que volver al trabajo, hermanito. Algunos tenemos que trabajar para ganarnos la vida.

Marco se colocó frente a su ordenador dispuesto a empezar a trabajar, pero el teléfono volvió a sonar.

El teléfono del trabajo de Elaine volvió a sonar por enésima vez desde que volviera de comer. Lo miró dubitativa. O era un periodista o volvía a ser su padre. La había llamado aquella mañana, sorprendido de que Elaine hubiera encontrado un marido rico y satisfecho porque por fin su hija iba a sentar la cabeza. Seguramente gracias a aquel matrimonio, se le borraría de la cabeza aquel desafortunado incidente de unos años atrás.

Por suerte, no parecía sospechar nada por el hecho de que fuera a casarse con el hombre que acababa de comprarle la compañía. Estaba demasiado ocupado felicitándose por haber criado a una hija que por fin se había dado cuenta de que su sitio estaba en casa y no en un despacho. Estaba demasiado seguro de su habilidad como empresario como para darse cuenta de que su hija había visto el vacío legal que él no había visto.

Después de hablar con su padre, sentía una determinación renovada. Era lo que necesitaba para convencerse de que aquello era necesario.

–¿Hola? –dijo descolgando el teléfono.

Era otro periodista, haciéndole a toda velocidad un montón de preguntas personales y denigrantes. Colgó dejando al hombre con la palabra en la boca y apoyó la frente en la fría superficie de su mesa.

Al escuchar que llamaban a su puerta, o mejor dicho a la pared de su cubículo, alzó la cabeza bruscamente.

El atractivo rostro de Marco se asomó, seguido de todo su cuerpo. Nada más verlo, se le quedó la boca seca. El recuerdo que tenía de lo guapo que era no le hacía justicia y eso que apenas hacía veinticuatro horas que lo había visto.

–¿Te ha estado molestando la prensa?

–Sí –dijo y dejó escapar un soplido–. Mi teléfono no ha parado de sonar en todo el día.

–Es el precio de hacer negocios.

–Eso parece –dijo ella y suspiró–. No hago esto sólo porque crea que tengo algún derecho por ser hija de mi padre –añadió–. Hace cuatro años, Chapman estuvo a punto de declararse en bancarrota. Encontré un error en el sistema y ayudé a mi padre a reorganizar el modo en el que los productos eran enviados. Eso hizo que la compañía dejara atrás los números rojos. Demostré mi valía y salvé la empresa familiar. Y aun así, prefiere venderte la compañía en vez de dejármela a mí. Todo porque soy una mujer. ¿Entiendes por qué me siento así?

Era importante para ella contarle todos los detalles para que comprendiera todo lo que había conseguido y por qué se sentía así. No debería importarle lo que pensara, pero en el fondo sí le preocupaba.

–Si todo sale según lo acordado, conseguirás aquello a lo que tienes derecho.

Lo cierto era que Marco no era un hombre moderno. Él era de la opinión de que las mujeres deberían quedarse en casa cuidando de sus hijos. Pero entendía que quisiera reclamar lo que por derecho era suyo. Era un sentimiento que entendía muy bien.

–Bueno, señorita Chapman –dijo tomándola de la mano y haciéndola levantarse–. Creo que tenemos una cita.

–Entraré un momento para cambiarme. Puedes esperarme en el salón.

En cuanto Elaine cerró la puerta de su apartamento, alguien llamó. Al abrir, se encontró con una mujer con el pelo de color rosa y un hombre cuyas cejas estaban mejor arregladas que las suyas.

–¿En qué puedo ayudarlos?

–No sé muy bien cómo decirte esto sin que te molestes, así que no me esforzaré. Necesitarás ayuda si quieres que resulte creíble que eres mi prometida –dijo Marco desde detrás de ella.

Elaine se quedó mirándolo, mientras lentamente asumía lo que le acababa de decir.

–¿Vas a transformarme?

–Yo no, ellos –dijo señalando a las dos personas que seguían en el umbral de la puerta.

–No soy una muñeca. No puedes pedirme una cosa así.

Él suspiró desesperado. ¿Por qué estaba desesperado?

–¿Por qué discutir por ello? Lo necesitas, créeme, y voy a salirme con la mía, así que será mejor que te dejes.

No recordaba haber estado nunca tan enfadada. Estaba asumiendo cl control sobre ella y no había nada que le molestara más que perder el control. Le dirigió una mirada que hubiera intimidado a la mayoría de los hombres. Pero se había comprometido con un hombre que no se dejaba intimidar.

–La calidad de una mujer no se mide por su aspecto.

–Es una opinión muy interesante, pero no es real.

–Claro que sí.

–Por supuesto que no. Lo mismo se aplica a los hombres. Si uno se viste conforme a lo que quiere ser, es más fácil conseguirlo. Si fuera a una reunión vestido con un bañador, nadie me tomaría en serio. Tu sobrio y estereotipado estilo no va a hacer que te ganes respeto.

Tampoco lo iba a conseguir vistiendo femenina, pero no quería discutir sobre ello con él.

–No estoy aquí para convertirme en una mujer trofeo.

Él siguió sonriendo para mantener las apariencias ante los estilistas, que pretendían no haber reparado en su discusión. Pero Elaine no se dejó engañar. Se había dado cuenta de que su expresión se había endurecido y que los músculos de sus hombros estaban tensos.

–Están aquí para convertirte en lo que yo quiera. Ambos deseamos este matrimonio, ¿verdad, *cara mia*?

La amenaza era implícita. Sintió como si unos dedos fríos rodearan su corazón. No podía estropear aquel acuerdo. Tenía que esforzarse. No iba a perderlo todo por algo tan simple como un corte de pelo y un poco de brillo en los labios.

Se sentó en una silla y puso una expresión neutra.

La peluquera charló animadamente mientras hacía su trabajo, agitando las tijeras de vez en cuando para enfatizar algún comentario. Le tiñó algunos mechones de un tono más claro y le cortó el pelo en capas para darle cuerpo y movimiento.

El hombre, Giorgio, estaba allí para maquillarla y depilarle las cejas.

Giorgio se separó y la miró, como si se tratara de un artista contemplando su obra maestra.

–Soy estupendo –dijo mientras le entregaba un espejo.

Apenas podía reconocer a la mujer que tenía frente a ella. Llevaba un corte de pelo moderno y divertido. Su cara resplandecía, seguramente por los polvos que Giorgio le había aplicado, y sus ojos se veían más grandes y brillantes. Odiaba tener que admitir que había mejorado, pero así era.

Marco la hizo levantarse de su silla. Luego, la besó en la mano, haciendo que sus piernas le temblaran.

–Muy guapa.

Llamaron de nuevo a la puerta, rompiendo la magia del momento.

–Imagino que sabes quién está llamando, ¿verdad?

Él asintió, abrió la puerta y dio una propina al mensajero que le entregó una funda.

–Es el vestido para la cena.

Le entregó la funda y se quedó mirando la percha. La estaba haciendo cambiar en todo, desde el pelo hasta el vestuario, para adecuarla a su tipo de mujer.

Abrió la boca para hacer algún comentario, pero la expresión de sus ojos color chocolate la hizo detenerse. Era ella la que había propuesto aquel acuerdo para conseguir lo que quería. Se fue a su habitación, abrió la funda y sacó un vestido dorado de finos tirantes.

Le quedaba perfecto. Demasiado perfecto. El vestido se ajustaba a sus curvas como una segunda piel, realzando su fina cintura y su pecho generoso, y dejando demasiado escote a la vista para su gusto.

Marco ni siquiera le había preguntado por la talla. La había adivinado. No había mejor muestra de lo mujeriego que era. Y lo que era aún peor era sospechar que la extraña sensación de su estómago era envidia al imaginarlo con otras mujeres. Lo que no tenía sentido. Los hombres como Marco de Luca tenían todas las mujeres que querían. Y las mujeres como ella no eran las mujeres que los hombres como él deseaban.

Salió de su habitación, deseando cubrirse. En otro tiempo le habría gustado el vestido y se habría sentido guapa. Pero ya no. Se sentía expuesta. Y la mirada ardiente que Marco le estaba dedicando no le resultaba de ayuda. La estaba analizando lentamente con sus ojos color chocolate, reparando en cada una de sus curvas. Sus ojos brillaban llameantes y sintió que su interior ardía. Era como si alguien le estuviera robando el oxígeno de los pulmones.

–Casi perfecto –dijo sacando un estuche de terciopelo.

–Volví a Tiffany's hoy –dijo abriendo el estuche y sacando un precioso collar.

La cadena de oro blanco unía pequeños diamantes. El colgante era una obra de artesanía, con una esmeralda en el centro.

Se colocó tras ella y le apartó el pelo a un lado, rozando con los dedos su nuca.

–Eres una mujer muy bonita, Elaine. Tu fuerza está en tu belleza. Deberías aprovecharla y no ocultarla.

Sintió que su temperatura subía. Le gustaba que le dijera que era bonita. Le gustaba sentirse bonita y no sabía muy bien cómo sentirse al descubrir esa debilidad.

Marco puso las manos sobre sus hombros desnudos y la hizo girarse para mirarlo.

–Ahora, pareces mi prometida.

Era uno de los sitios más de moda en Manhattan. Un restaurante de fusión decorado con piezas de arte antiguo de Sudamérica y piezas de diseño moderno. La camarera los llevó hasta su mesa, situada junto a una pared de cristal que miraba hacia la calle. Claro que aquella noche, él no tenía ojos para el entorno que le rodeaba.

Su mente estaba completamente ocupada con la mujer que caminaba a su lado. Había pensado que la transformación sería de ayuda, pero no había imaginado que acabaría convertida en una supermodelo. No había nada andrógino en ella. Era una mujer con curvas, de belleza clásica. Su perfecta estructura ósea le daba un porte que no disminuiría con el paso del tiempo.

Ya antes de verla maquillada había pensado que tenía una cara bonita, pero con las suaves tonalidades resaltando sus facciones, estaba impresionante. Era una de las mujeres más guapas que había visto jamás.

Era la mujer de la que había oído hablar. Aquélla que podía lograr que un hombre hiciera cualquier estupidez por la que tendría que pagar por las consecuencias.

Pero no quería consumar su matrimonio.

Le pasó la mano por la espalda y comprobó en la base de su cuello que se le aceleraba el pulso. Contuvo la sonrisa. Así que no era tan inalterable como quería hacer creer.

Le apartó la silla y ella aceptó el ofrecimiento sin rechistar. Se sentó completamente rígida. La tensión se podía leer en su rostro. Alargó la mano para tomar la suya, y le acarició la muñeca con el dedo gordo.

–¿No te relajas nunca?

–No. ¿Y tú?

Su corazón empezó a latir con fuerza y un nudo de excitación se formó en su estómago.

–Sólo cuando estoy con una mujer bonita –replicó acercando su nariz a la de ella.

La privacidad de aquel momento desapareció por el fogonazo de un flash que la cegó unos instantes. Enseguida advirtió que había un fotógrafo sentado en un extremo de la barra.

–¿Siempre es así para ti?

–No siempre, pero el habernos visto juntos dos días seguidos debe de haber vuelto locos a los paparazzi. La idea de que siente la cabeza debe de haberles causado una gran impresión.

–Imagino que eso es bueno –dijo y otro fogonazo la hizo mirar en dirección de la luz–. Nos viene bien que corra la voz.

Elaine trató de mostrarse indiferente ante los constantes flashes, pero se sentía como si fuera una actriz en escena. Estar en una obra empezaba a ser tedioso y eso que aquello no había hecho más que empezar.

Para cuando llegó el postre, tan sólo habían hablado de cosas sin importancia y no habían mencionado su próxima boda. Estaba empezando a ponerse nerviosa. Sabía que no la había llevado hasta allí para hablar de lo bien que estaban jugando los Kicks esa temporada. Marco de Luca no hacía nada sin un propósito. Además, a ella no le gustaba sentirse así, perdida y sin poder prepararse. Tenía intención de mantener el control, pero él se lo estaba arrebatando poco a poco.

Antes de que pudiera probar su mouse de chocolate, Marco se puso de pie, la tomó de la mano y la hizo levantarse. Había temido que hiciera algo así.

–¿Pueden prestarme atención?

El corazón de Elaine latió desbocado. Esperaba que no hiciera lo que pensaba que iba a hacer.

–Tengo algo que preguntarle a esta bonita mujer –anunció.

El periodista empezó a disparar fotos como un loco. Eso le sirvió para recordarle que debía mostrarse feliz.

–Elaine Chapman –dijo girándose y mirándola a los ojos–. ¿Me harías el honor de ser mi esposa?

Sacó un pequeño estuche de terciopelo y aunque Elaine sabía perfectamente lo que había dentro, no pudo evitar sentir un nudo. No podía respirar bien. Marco abrió el estuche y le ofreció el anillo. Se quedó helada, incapaz de articular palabra por la emoción. Tan sólo pudo asentir. Él le dedicó una sonrisa que le paró el corazón. Parecía un hombre que acabara de proponerse al amor de su vida.

Le puso el anillo de diamantes en el dedo y en aquel momento sintió que la quería de verdad, que todo aquello era real, y sus ojos se llenaron de lágrimas.

La gente que había en el restaurante empezó a aplaudir. Sus rodillas empezaron a temblar. Marco la rodeó con su brazo y la atrajo hacia sí. Luego, bajó la cabeza y la besó.

Ella se quedó de piedra durante unos segundos. Estaba tan sorprendida que no podía reaccionar. Marco ladeó la cabeza y le hizo abrir los labios con la lengua. Ella gimió y lo rodeó por el cuello. Sus labios eran suaves y firmes y no le importó que aquel momento estuviera siendo inmortalizado por cientos de cámaras. No le importaba estar en medio de un restaurante. Lo único que le importaba era aquello.

Había pasado mucho tiempo desde la última vez en que la habían besado. Debía de hacer años, aunque no podía pensar con claridad. Y desde luego, nunca la habían besado así.

Acarició con los dedos su espalda y ella acarició su pelo negro. Estaba a punto de derretirse. Marco le pasó la lengua por el labio inferior y ella se dejó llevar por el momento.

Elaine le metió la lengua en la boca y se dio cuenta de que Marco sintió una sacudida en su cuerpo. La tomó por las caderas. Ella sintió los pechos hinchados y una tensión desconocida entre los muslos.

Luego la soltó. Elaine quiso tirar de él para volver a atraerlo a pesar de que tenían público.

–Creo que ha resultado convincente, ¿verdad? –susurró él a su oído.

La emoción que había sentido al rozar sus labios desapareció. Todo había sido un espectáculo.

Mientras los flashes continuaban disparándose y la gente seguía aplaudiendo, ella permaneció sonriente, deseando irse a casa, meterse en la cama y llorar.

Capítulo 4

HE VENIDO para hablar de los términos y las condiciones –dijo Marco al entrar en el apartamento de Elaine sin esperar a que ella lo invitara a pasar.

–Te dije que mi abogado se pondría en contacto contigo.

No quería tener a Marco en su apartamento. Era su santuario, el refugio del ritmo frenético que llevaba en su vida. Tenerlo allí no le parecía adecuado. No lo había visto desde el anuncio de su falso compromiso.

–Supongo que tienes redactado el contrato.

–Así es –contestó ella mirando su cartera.

Lo había redactado en cuanto se había dado cuenta del vacío legal del contrato de su padre.

Él sonrió con ironía.

–Es necesario que dejemos claro lo que cada uno pretende obtener de esta unión antes de que firmemos nada –dijo él sonriendo con ironía.

–De acuerdo –dijo ella lentamente–. Podemos trabajar en esa mesa –añadió señalando la mesa baja que había en medio del salón.

Marco estudió la distribución del pequeño apartamento. Había papeles por todas partes. Había un desorden organizado: todo estaba apilado perfectamente. La cocina y el salón le servían de despacho y, dado que rara vez tenía visitas, solía dejar todo fuera en vez de guardarlo en sus carpetas.

Elaine se agachó, recogió un montón de documentos y los dejó en un armario metálico que había en un rincón. Cuando volvió, Marco estaba hojeando una de las carpetas que había dejado sobre la mesa.

–¿Es éste tu plan de negocio? –preguntó mirándola y, al ver que asentía, continuó–: Tienes buenas ideas –añadió dejando la carpeta en su sitio.

Un estremecimiento recorrió su cuerpo.

–Sí, creo que puedo duplicar los beneficios en un par de años implantando tecnología básica. En los últimos años no ha habido avances en Chapman. Mi padre no es un hombre muy moderno.

–Eso tengo entendido –dijo Marco sonriendo.

Elaine continuó como si él no hubiera dicho nada.

–Quiero crear una página web para vender por Internet. También creo que se puede mejorar el servicio por teléfono para una mejor eficiencia y un ahorro de costes.

Su corazón latía más rápido como solía ocurrirle cada vez que hablaba de la compañía. Aquel hombre que estaba sentado en su sofá no tenía nada que ver en aquello.

–Eso está muy bien –dijo él sin mostrarse demasiado sorprendido.

–Gracias, pero no soy tonta –dijo poniéndose a la defensiva–. Acabé el instituto dos años antes y fui la primera de mi clase en Harvard.

–Fíjate en todo lo que tienes para presumir.

–¿Es eso un insulto? –preguntó ella entornando los ojos.

–Sólo si no te sientes a gusto con lo que tienes para presumir.

–Así que te gusta bromear.

–Sé cuando emplear mis cualidades.

–Ya sabes que hacer lo que a uno se le da bien es la clave del éxito.

Él asintió y se puso serio.

–Eso y la perseverancia.

No creía que Marco de Luca hubiera tenido que practicar la perseverancia. Parecía la clase de hombre que lo había tenido todo fácil en la vida, sobre todo teniendo en cuenta que había mucha gente incapaz de negarle nada. Y aunque fueran lo suficientemente valientes para hacerlo, era un hombre con mucho carisma. La gente se sentía atraída por él. Estaba segura de que se le daba muy bien conseguir lo que quería.

–¿Qué es lo que esperas sacar de nuestro acuerdo? –preguntó Marco.

–Quiero lo que te he dicho. Quiero la compañía de mi padre, ni más ni menos.

–Eres una mujer ambiciosa, Elaine. Me cuesta creer que te conformarás con la compañía de tu padre pudiendo obtener mucho más.

–¿Por qué? ¿Crees que porque soy una mujer mi objetivo principal es casarme con un hombre rico y pasar el día de compras? Me estimo demasiado como para que mi felicidad dependa de un marido.

Su madre había sido así de patética. Había ido tras los hombres en un intento de llamar la atención de un marido indiferente, buscando algún tipo de aceptación en los demás. Elaine estaba siguiendo su propio camino en busca de su propio éxito. Desde luego que no estaba dispuesta a convertirse en la misma clase de mujer que su madre.

Se había esforzado mucho para alejarse de aquel comportamiento. Era una ironía que aquel rumor sobre su jefe en Stanley Winthrop y ella hubiera echado por tierra aquel trabajo. Marco tenía razón sobre las reputaciones: era difícil ganárselas, pero muy fácil destruirlas.

Un comentario malicioso de un compañero de trabajo con el que había estado saliendo y que se había sentido molesto porque no se hubiera querido acostar con él, había corrido como la pólvora. Se había sentido enferma al enterarse. El rumor había consistido en que había tenido sexo con su jefe, un hombre casado.

Había sido muy doloroso enterarse de que alguien por quien había sentido algo había dicho cosas tan horribles sobre ella. Aquel hombre había decidido hacerle la vida imposible sólo porque no había querido acostarse con él. Desde entonces, había evitado a los hombres. No había tenido citas, aunque lo cierto era que antes de aquello tampoco había tenido tantas, motivo por el cual seguía siendo virgen a los veinticuatro años. No le parecía mal y el despertar de las hormonas no parecía haberle afectado hasta hacía poco.

Marco se acomodó en el sofá, con sus ojos oscuros fijos en ella.

–Me alegro de que pienses así porque no tengo ningún interés en verme atado a una esposa.

–Al menos, estamos de acuerdo en una cosa.

Tenía la sensación de que iba a ser lo único en lo que estuvieran de acuerdo esa noche.

–También tenemos que estar de acuerdo en otra cosa: no puedes quedarte embarazada. En caso contrario, perderás los derechos sobre la compañía. Y puedes olvidarte de cualquier pensión económica por mi parte. No quiero una esposa y mucho menos un problema de pañales.

Ella parpadeó, sorprendida por las palabras que acababa de decir.

–Pensé que ya habíamos acordado que no me acercaría a tu dormitorio mientras dure este... matrimonio. Y teniendo en cuenta que ambos sabemos que la cigüeña no trae bebés, creo que en lo último de lo que te deberías preocupar es de la paternidad. Al menos, es lo último en lo que te deberías preocupar respecto a mí. No puedo hablar en nombre de tus amigas.

–Siempre practico sexo seguro.

Era completamente cierto. Marco no tenía ninguna intención de mantener a una mujer durante dieciocho años y era muy cuidadoso en sus prácticas sexuales tanto por el bien de su salud como por el de su chequera. Pero eso no significaba que algunas de sus amantes hubieran intentado entorpecer sus precauciones. En una ocasión pilló a una mujer con la caja de preservativos abierta, agujereándolos con una aguja antes de guardar cuidadosamente cada uno en su funda.

También había habido una mujer que había intentado adjudicarle un hijo, a pesar de estar embarazada de ocho semanas cuando hacía dos que se conocían.

Conocía muy bien cómo funcionaba la mente femenina. Sus principales objetivos eran la riqueza y la seguridad económica. Para su propia madre eso había estado por encima de todo, incluso de sus hijos.

–Bueno, no vas a practicar sexo conmigo –dijo ella sonrojándose.

Su aspecto recatado le resultaba divertido, sobre todo viendo lo que le provocaba. Le suponía un reto intrigante.

–¿Cuáles son exactamente tus términos y condiciones? –preguntó ella, como si estuviera leyendo sus pensamientos.

–Muy sencillo. Sólo he accedido a esto por el bien de mi compañía. Tengo que estar seguro de que ganaré más de lo que perderé cediendo los derechos de Chapman Electronics. Eso significa que necesito que estés disponible las veinticuatro horas.

A Elaine no le gustó aquello, aunque el pellizco que sintió en el estómago no parecía indicar lo mismo.

–¿Para qué necesito estar disponible?

–Para asuntos de negocios, cenas personales... Para cualquier cosa para lo que necesite a mi esposa.

–¿Y qué pasa con mi trabajo, con mi vida?

–Pensé que esa compañía era lo más importante en tu vida.

–Así es.

–Entonces, eso supone que durante los próximos doce meses tu prioridad seré yo. Ahora mismo estoy en negociaciones con James Preston. Está vendiendo uno de sus hoteles en Hawái, pero no quiere hacerlo a alguien que pueda convertir su lugar de vacaciones familiares en un centro de fiestas de estudiantes.

–Por lo que necesitas una esposa –dijo ella, sintiéndose triunfante.

–Sí, para eso me vendrá bien tener una esposa –replicó él sonriendo.

–¿Así que se supone que yo sea la prueba de tu transformación de playboy a amante esposo?

–Algo así.

Se sentía indignada por Marco. Su vida personal no tenía nada que ver con lo buen empresario que era. Al parecer, ni siquiera los hombres estaban libres de los puntos de vista retrógrados de otros. Aunque no le parecía bien cómo Marco trataba a las mujeres, no tenía nada que ver con la manera en que llevaba los negocios.

–Así que nos necesitamos mutuamente –dijo ella.

–No es una necesidad para mí. Quiero el hotel para

obtener un incremento de beneficios, pero realmente eres tú la que necesita este acuerdo, no lo olvides.

–¿Quieres decir que cuando me saques del trabajo en mitad del día tendré que comportarme como la esposa perfecta?

Una sonrisa se dibujó en el rostro de Marco, lo que hizo que su corazón se acelerara.

–Algo así.

–¿Qué es esto? –preguntó Elaine, soltando un puñado de papeles sobre el escritorio de nogal de Marco.

–El acuerdo prenupcial que ha redactado mi abogado –contestó Marco sin apartar la mirada de la pantalla del ordenador–. ¿Acaso no estaba claro en el encabezamiento?

–Por supuesto que sí –dijo recogiendo los papeles y ordenándolos antes de volver a dejarlos–. Me refiero a esto.

–¿A la cláusula de infidelidad?

–¿Es ése su nombre oficial? Si tengo una aventura perderé la compañía, pero no hay ninguna limitación si la aventura la tienes tú. Es una doble vara de medir.

Nunca había estado tan enfadada en toda su vida, incluido el día en que había tenido que enfrentarse a Daniel por los rumores que había inventado sobre ella.

Su mirada oscura se encontró con la de ella. La rabia corría por sus venas cegándola, pero aun así, había algo que le provocaba un cosquilleo por todo el cuerpo y que no sabía cómo llamar.

–Si es así como lo ves... –dijo encogiéndose de hombros–. Yo lo interpreto como una forma de proteger mis... activos.

Elaine se cruzó de brazos, tratando de ocultar sus pezones erectos.

–No soy un activo tuyo. ¡Se supone que seamos un equipo!

Él se puso de pie y rodeó la mesa. Su altura y complexión resultaban intimidatorias.

–No, señorita Chapman, no somos un equipo. ¿Tengo que recordarte una vez más que soy la parte fuerte de esto? Eso significa que se hará lo que yo diga. –dijo tomando el acuerdo prenupcial de su mesa–. No te meterás en la cama de otros hombres mientras dure nuestro matrimonio. Si quieres sexo, lo tendrás conmigo. Basta sólo con que haya un rumor para que la compañía permanezca dentro del grupo de empresas de De Luca.

Elaine trató de contener la vergüenza que la embargaba. ¿Qué tenía aquel hombre que tanto la alteraba?

–¿Qué me dices de ti? ¿Eres libre para hacer lo que quieras?

–Sí, con quien quiera, si no recuerdo mal.

–Es la doble moral más repugnante que he oído jamás. Esto no lo dijiste el otro día cuando hablamos de los términos y condiciones.

–Tan sólo quiero que quede cubierta cualquier eventualidad. No puedo permitir que mi esposa sea vista con otros hombres. En un matrimonio de verdad, eso no ocurriría. Además, no me gusta compartir.

–Entonces, a mí tampoco. Disfruta de los próximos doce meses de celibato.

–¿Crees que puedes resistirte a mí?

–Sin dudarlo –contestó ella sonriendo.

Marco la atrajo hacia él, estrechando sus senos contra su musculado pecho.

–No me lo creo –dijo y unió sus labios a los de ella antes de meterle la lengua en la boca.

No pudo resistirse, no quería hacerlo. Deseaba disfrutar de aquel momento ardiente y sensual, tan inusual en su vida.

Él bajó las manos a su trasero y la estrechó contra su cuerpo, hundiendo su erección en su vientre. Ella gimió, disfrutando de las sensaciones electrizantes que la invadían, regocijándose en el hecho de que estaba tan excitado como ella.

Sus pechos deseaban sus caricias. Sus pezones erectos advertían de lo excitada que estaba. Sentía tensión entre los muslos. Lo deseaba. Quería que le enseñara todo aquello que nunca se había molestado en aprender.

Elaine deslizó las manos por los músculos de su espalda y luego por su pecho. Era fuerte y perfecto, como debía ser todo hombre. Quería sentir su cuerpo sin las capas de ropa que los separaban. Deseaba...

Se apartó de él como si se hubiera quemado.

–Lo siento –dijo.

Sentía los labios tensos e hinchados y su respiración era entrecortada. Algunos mechones de su pelo se habían escapado del moño.

–No hay nada que lamentar. Nos vamos a casar dentro de dos semanas. Será mejor que durmamos juntos, así sacaremos provecho del matrimonio por conveniencia.

Fueron las últimas palabras las que evitaron que dijera que sí. Si no le hubiera recordado con su comentario mordaz que no significaba nada para él, habría accedido. Pero ella no veía el sexo como él. No tenía la experiencia ni la sofisticación para tomárselo como un entretenimiento. A eso se le unía el hecho de que no se había tomado el tiempo para descubrir su propia sexualidad.

–No puedo hacer eso. Yo no... Para mí el sexo no es

un pasatiempo –dijo y respiró hondo, tratando de mostrarse como la fría empresaria que se suponía que era–. Lo que quiero decir es que no voy por ahí acostándome con cualquiera.

Marco se quedó mirando su rostro ruborizado y sus brillantes ojos apasionados. Era evidente que lo deseaba aunque no lo admitiera todavía. O quizá se estaba resistiendo hasta que pudiera sacar un mayor provecho a su acuerdo.

–Está bien, pero la cláusula se queda. Si quieres sexo, será con tu marido.

Elaine tragó saliva, tratando de mostrarse indiferente.

–No creo que me apetezca en un futuro cercano.

–Como quieras –dijo él encogiéndose de hombros–. No necesito coaccionar a mujeres para llevármelas a la cama.

Aquello era completamente cierto. No recordaba la última vez que una mujer lo había rechazado, si alguna vez había ocurrido. No le gustaba que su cuerpo se hubiera encaprichado por una mujer que no se sentía atraída por él. Debía de ser la novedad. No era habitual en él que tuviera que perseguir a una mujer. Eran ellas las que iban tras él. Si no terminaba en la cama con Elaine, no le resultaría difícil encontrar a otra, a la vista de que no había nada prohibido para él en ese aspecto.

Sin embargo, la idea de que Elaine estuviera con otro hombre mientras llevara su anillo lo enfurecía. Había dicho la verdad al afirmar que no le gustaba compartir. Para él, el matrimonio, aunque fuera de conveniencia, la hacía suya. Sí, quizá fuera anticuado, pero no podía hacer nada para evitarlo.

–Mañana a las nueve tienes cita con una diseñadora de vestidos de novia.

–Tengo que trabajar.

–No importa. Ahora mismo, lo más importante es la boda.

–¿Es así como va a ser a partir de ahora? –dijo poniendo los brazos en jarras–. ¿Vas a tratarme como a una muñeca los próximos doce meses?

Marco se encogió de hombros. No parecía afectado por el beso. Sin embargo, sus latidos seguían acelerados, cosa que la irritaba.

–Si es así como quieres tomártelo... También puedes pensar que es una nueva oportunidad de empleo.

–Tienes una gran capacidad para hacerme parecer como una fulana.

–Y tú tienes una gran capacidad para hacerme perder el tiempo. Si quieres verme, la próxima vez pide una cita.

Se puso de pie con cuidado de no volver a quedarse demasiado cerca de él. El deseo y la ira seguían mezclándose en su interior.

–Soy tu prometida.

–No. Es un acuerdo empresarial como no dejas de recordarme, lo cual nos convierte en socios. Eso quiere decir que tienes que pedir una cita como hacen todos los demás.

Elaine cargó su peso sobre una pierna, sacó la cadera y puso una mano sobre ella, tratando de mostrar una pose digna.

–¿Y besas a todos tus socios como me besaste a mí?

–Si todos tuvieran tu aspecto, quizá lo haría. Pero lo cierto es que nunca me he sentido tentado a hacerlo.

No sabía si enfadarse con su arrogancia o disfrutar con sus cumplidos. Al final, fue la ira lo que triunfó.

–Entiendo. ¿Así que piensas eso porque crees que soy una mujer a la que puedes besar cuando quieras?

–No, te besé porque quise hacerlo –dijo acercándose a ella–. Además, tú estabas deseándolo.

–Tu ego es impresionante –dijo Elaine dando un paso atrás–. No quería que me besaras. Como has dicho, esto es un acuerdo empresarial y no me gusta mezclar negocios con mi vida personal.

Al menos estaba segura de que no lo haría si tuviera una vida personal. Por su sonrisa burlona supo que no la había creído.

–Sé que esto es una afrenta a tus principios feministas, pero en lo que a este acuerdo se refiere, soy tu jefe. Harás lo que yo diga. Firmarás el acuerdo prenupcial y mañana te reunirás con la diseñadora para elegir tu vestido de novia.

Elaine estaba perdiendo el control. Sus hormonas seguían en alerta desde el beso y su paciencia estaba a punto de alcanzar el límite. Respiró hondo. En esa situación era donde sus años de experiencia tenían que notarse. Aquello eran negocios. Había que luchar en las batallas que podían ganarse, no en aquellas destinadas a perder.

–¿Estarás presente en la elección del vestido?

–Por supuesto que no. No trae buena suerte que el novio vea el vestido antes de la boda.

–Yo hubiera dicho que trae mala suerte fijar el último día de matrimonio.

Marco sonrió ante su comentario, antes de darse la vuelta y regresar a su mesa. Al parecer, la estaba despidiendo.

Ella se giró para marcharse.

–¿Elaine?

Se detuvo al escuchar su nombre de sus labios. Un escalofrío recorrió su cuerpo.

–Espero que no tengas planes para esta noche.

Ella se giró y arqueó una ceja.

–¿Importaría si así fuera?

–Desde luego. Me sentiría mal si tuviera que pedirte que los cancelaras.

–Lo dudo.

–Tienes razón –dijo él dibujando una medio sonrisa en sus labios–. Tengo una cena esta noche y necesito una acompañante.

–¿Has perdido tu agenda?

–No tengo agenda –dijo agitando su teléfono móvil–. Eso sería anticuado.

–Pareces sacado de la Edad Media. Ese teléfono no va a cambiar eso.

–Me alegro de que me tengas en tan alta estima, *cara*. ¿Has venido en coche?

–No, en taxi.

–Perfecto, puedes venir conmigo.

–¿Y si tengo planes?

–Cancélalos. No puedo ir a esta cena sin mi prometida.

–Diles que tu prometida tiene una vida y no se pasa las veinticuatro horas del día colgada de tu brazo.

–Ya lo saben. Estoy seguro de que piensan que pasas doce horas al día en la cama conmigo.

Ella se sonrojó y se quedó muda. Las imágenes que se formaron en su cabeza eran demasiado gráficas y más intrigantes de lo que estaba dispuesta a admitir.

Había enterrado su interés en el sexo opuesto con su sed de ambición. Pero al entrar en el despacho de Marco de Luca, sus hormonas habían cobrado vida y no la habían dejado desde entonces.

–En cualquier caso, necesito que hagas tu papel. Esto

son negocios, ¿recuerdas? –dijo con una nota de burla en su voz.

–No lo olvidaré.

La cena no fue lo que había imaginado. Había al menos doscientas personas de la élite social de Manhattan y se sintió agradecida de que la eficiente secretaria de Marco le hubiera conseguido un vestido en el último minuto. Marco saludó a la anfitriona besándola en ambas mejillas antes de presentar a Elaine.

–Ella es mi prometida Elaine Chapman. Elaine, ella es Caroline Vance, presidenta de la fundación De Luca.

–Encantada de conocerla –dijo estrechando la mano de la otra mujer e ignorando las preguntas que asaltaban su cabeza.

Marco nunca le había mencionado que tuviera una fundación benéfica. Si fuera su prometida de verdad, lo sabría.

–Encantada de conocerla también –dijo Caroline, sonriendo con calidez–. Nunca pensé que llegaría el día en que Marco sentara la cabeza. Siempre le ha gustado vivir a toda velocidad –añadió mirando a Marco.

Elaine pensó que la sonrisa de Marco era forzada, pero Caroline no pareció darse cuenta.

–Sí, ya era hora. En cuanto conocí a Elaine supe que no podía dejarla escapar.

–Bienvenido al club. Te encantará –dijo abrazándose al brazo de Marco.

Marco sacó su chequera del bolsillo y escribió una cantidad que hizo que Elaine abriera los ojos como platos. Caroline recibió el cheque con una amplia sonrisa en su rostro.

–Es extremadamente generoso –dijo la mujer dirigiéndose a Elaine.

–Sí, lo es –dijo Elaine, confiando en que no pareciera tan confusa como se sentía.

Marco sonrió mientras Caroline se marchaba a saludar a otra pareja que estaba entrando en el salón. Luego, tomó a Elaine del brazo y la dirigió hasta un puñado de mesas colocadas en un rincón. Eran tan pequeñas que al sentarse sus rodillas se tocaron.

–Toda la comida ha sido donada y preparada por voluntarios –explicó él–. Los invitados han pagado doscientos dólares y todo lo que se recaude irá a la fundación De Luca House.

Ella sonrió.

–Es estupendo. ¿Cuál es el fin benéfico?

–Los niños sin hogar. Es un asunto que me llega al corazón.

En aquel momento, Elaine se dio cuenta de lo poco que sabía del hombre que estaba sentado frente a ella. Su pasado no era precisamente un misterio, aunque tampoco tenía información sobre su infancia. A través de las averiguaciones que había hecho, había descubierto que su padre era un rico empresario siciliano que se había mudado a Nueva York con su familia cuando Marco era un joven adolescente. Pero entre ese hecho y su meteórico ascenso en el ámbito inmobiliario, no había sido capaz de encontrar detalles sobre su vida. Y ahora sentía curiosidad. Marco decía que era un hombre hecho a sí mismo, lo cual significaba que había construido su imperio sin la ayuda de su padre.

Lo miró. Estaba conversando con una pareja que estaba junto a ellos. Su perfil era aristocrático y llevaba esmoquin. No tenía aspecto de ser un hombre que hubiera tenido que luchar por nada.

En aquel momento, aunque hubiera conocido sus orígenes, nada la habría preparado para el efecto perturbador que Marco le estaba produciendo. Apenas podía saborear la cena gourmet que se estaba sirviendo esa noche. Cada pocos minutos, sus rodillas rozaban las de Marco bajo la mesa o alguien se acercaba a felicitarles por su compromiso, momento en el que él la tomaba de la mano y la miraba intensamente a los ojos. O peor aún, se llevaba su mano a los labios y le daba un beso, haciendo que el puñado de mariposas que se habían instalado en su estómago aletearan.

Cuando les retiraron los platos, les ofrecieron bebidas que Elaine declinó. Sus defensas ya estaban suficientemente mermadas. No tenía ningún sentido añadir alcohol a la ardiente atracción que sentía por Marco. Así que se sentó erguida en su silla, sonrió a todo aquél que la miraba y trató de no sobresaltarse cada vez que la pierna de Marco tocaba la suya.

El sonido de las copas brindando la distrajo y al mirar al otro lado del salón, vio a Caroline colocándose ante un estrado. Caroline carraspeó y el sonido de las conversaciones disminuyó.

–Quisiera dar las gracias a todos por haber venido esta noche. Vuestro apoyo supone mucho. Voy a presentaros al fundador de De Luca House, el señor Marco de Luca.

Marco le dirigió una sonrisa, se puso de pie y se inclinó para darle un beso en la mejilla antes de atravesar el salón. No pudo evitar reparar en la masculinidad de sus movimientos. Subió al escenario y su presencia llamó la atención de todos los presentes, ella incluida.

–Gracias a todos por estar aquí –dijo con voz aterciopelada–. En estos tiempos que corren, sé que hacer grandes contribuciones puede parecer pedir demasiado. Pero os pido que recordéis que estos niños nunca han tenido cubiertas sus necesidades básicas, ni siquiera en los mejores momentos. No tienen comida, ni ropa, ni siquiera un techo.¿Qué significa para ellos la moda cuando ni siquiera tienen un abrigo con el que protegerse?

Elaine sintió que se le encogía la garganta al mirarlo a los ojos. Su corazón dio un vuelco. Porque bastante terrorífico le resultaba el deseo que sentía, como para que encima sintiera emoción.

Marco continuó. Su ligero acento hacía que su discurso fuera más conmovedor.

–¿Y cómo podemos preocuparnos por tener una casa de verano cuando ellos no tienen un techo bajo el que cobijarse?

Su discurso continuó. Sus palabras eran apasionadas. Se refirió a las estadísticas sobre cuántos vagabundos de Nueva York eran niños. Su fundación trabajaba para dar a esos niños un hogar que les diera una sensación de familia y una educación. La idea era proporcionarles una base a la que siempre pudieran recurrir, incluso después de alcanzar la mayoría de edad.

Cuando Marco terminó, muchos de los invitados estaban conteniendo las lágrimas y Elaine tuvo la sensación de que las emociones que Marco había despertado en ellos se reflejarían en sus donaciones.

Marco volvió junto a ella, deteniéndose en el camino para estrechar algunas manos. Una vez a su lado, la rodeó con su brazo por la cintura, haciendo que su corazón diera un vuelco.

–Ha sido... –dijo ella tratando de disimular la emoción– un discurso muy bonito. No sabía que hubiera tanta necesidad.

–Mucha gente cree que el gobierno se está ocupando de todo lo relativo a estos niños, pero no es así.

No había sido su caso. Rafael y él habían sido abandonados, primero por su padre y luego por su madre. Y nadie se había ocupado de ellos.

–Mucha gente no sabe ni lo que ocurre en su jardín. Considero que es mi deber educarlos y hacer todo lo que pueda.

Ella se mordió el labio inferior y Marco deseó besarla.

–Así que no todas las cosas buenas que haces, las haces por tu imagen pública, ¿no?

–No todas, pero sí la mayoría –dijo él sonriendo.

El pianista empezó a tocar una música lenta y las parejas comenzaron a llenar la pista de baile.

–Elaine, creo que debería bailar con mi prometida.

Marco observó que se ponía tensa y apretaba los labios, y eso le resultó divertido. ¿Qué hacía falta para besar aquellos labios suplicantes?

Con aquel vestido negro que resaltaba sus curvas, era el prototipo de mujer ardiente y sexy. Aun así, mantenía ese aura intocable con el que siempre se escudaba excepto cuando la besaba.

Ella miró a la gente que los rodeaba, como si estuviera considerando evadirse de la situación con una negativa.

–De acuerdo –dijo como si acabara de ser condenada a la cárcel.

Le parecía fascinante que aquella mujer que evidentemente se sentía atraída por él, tan receptiva a sus caricias y besos, actuara como si el contacto físico entre ellos le resultara repugnante.

Elaine trató de calmar los acelerados latidos de su corazón. Miró a las parejas que había en la pista, cuyos cuerpos se rozaban al ritmo de la música de una manera demasiado sensual para considerarlo tan sólo un baile.

Marco le dirigió una sonrisa depredadora.

–Baila conmigo –dijo ofreciéndole su mano.

No era una pregunta, sino una orden. Por alguna razón, un escalofrío la estremeció en lugar de sentirse enfadada. Algo en él estaba consiguiendo que bajara la guardia. La estaba sorprendiendo. No era un simple playboy y se había sentido mucho más cómoda cuando había dejado de considerarlo como tal.

Aceptó su mano, confiando en que no se diera cuenta de que la suya estaba húmeda, y dejó que la llevara hasta la pista de baile. Una voz en su interior no dejaba de decirle que aquello no estaba bien.

Ignoró la sensación placentera de su estómago cuando la rodeó con sus brazos y la estrechó contra el calor de su cuerpo. Bailar con su prometido era necesario para mantener su parte del acuerdo.

La música era sensual y cautivadora, y enseguida se dejó llevar por el ritmo. Una de sus manos apretaba la suya y la otra estaba sobre su espalda, sujetándola, atrayendo sus senos contra su pecho musculoso. Sus pezones estaban erectos. Era una sensación extraña e inesperada y, a pesar de lo mucho que lo deseaba, era incapaz de evitarla. Ni siquiera era capaz de fingir que no le gustaba.

Su corazón estaba latiendo con fuerza y estaba segura de que él podía sentirlo. Seguramente era capaz de ver su pulso en la base de su cuello.

Casarse con un extraño no le asustaba y tampoco la idea de dirigir una compañía, comparado con aquella atracción que ni deseaba ni entendía. Siempre había tenido el control y el no tenerlo ahora, le resultaba aterrador, a la vez que estimulante.

Se aferró a sus anchos hombros en un intento de evitar que sus rodillas se doblaran.

Marco sonrió y su aliento rozó su mejilla, mientras

la sujetaba con más fuerza. De pronto deseó besarlo otra vez y sentir sus labios calientes y firmes junto a los de ella.

Se apartó de él con la respiración entrecortada. Él parecía estarse divirtiendo y eso la enfurecía.

–¿Por qué te resistes, Elaine? –preguntó mirándola con sus ojos tentadores.

–¿De qué?

No tenía sentido mostrarse ignorante y lo sabía, pero el orgullo y una necesidad desesperada por recuperar el control la obligó a intentarlo.

–De esto.

Le pasó el brazo por la cintura y la atrajo hacia ella, uniendo sus caderas de tal forma que Elaine pudo sentir su erección.

–Porque yo no siento lo mismo.

Él sonrió.

–Esto no tiene nada que ver con los sentimientos, sino con el deseo y sé que lo sientes –dijo acariciándole la mejilla con el dedo gordo–. Lo llevas escrito en tu bonito rostro.

Sentía los pechos hinchados, sensibles, y una incómoda humedad en la entrepierna. No hacía falta ser una experta en sexo para saber que su cuerpo se estaba preparando para disfrutarlo.

–No tengo ningún interés en flirtear, Marco. Cuando te hice la propuesta, mi interés era hacerme con la compañía de mi padre, no tener una aventura.

Tuvo que hacer un gran esfuerzo para mantener su voz firme y calmada.

–¿Elaine Chapman?

Elaine se giró hacia la voz y su estómago se le cayó a los pies cuando reconoció al hombre que había pronunciado su nombre.

–¿Sí?

Trató de mostrarse tranquila. Había perfeccionado ese arte a lo largo de los años. Era mejor parecer una reina del hielo que mostrarse como una fulana.

Una sensación de asco se formó en su estómago. Era Daniel Parker, el hombre que había arruinado su reputación por no haberse acostado con él. Elaine sabía que no iba a pasar la oportunidad de insultarla.

Ella se irguió y mentalmente hizo acopio de fuerzas. No iba con ella asustarse ante un reto. No estaba dispuesta a permitir que aquel hombre la intimidara y la denigrara. Ya lo había conseguido una vez y no estaba dispuesta a que se repitiera.

Marco la tomó por el codo y alargó la otra mano hacia el hombre.

–Soy Marco de Luna, el prometido de Elaine.

–¿De veras? –dijo Daniel y se giró hacia Elaine–. Tu gusto para los hombres no ha cambiado.

Ella se mordió la lengua. No quería mantener esa conversación. Ya había sufrido bastante humillación.

Marco no dijo nada y Daniel insistió.

–Siempre has preferido hombres poderosos.

–Prefiero hombres tan ambiciosos como yo –contestó, agarrándose con fuerza al brazo de Marco–. Pero son difíciles de encontrar.

La sonrisa de Daniel se tornó cruel.

–Habría pensado que sería difícil escalar estando tumbada de espaldas.

Su rostro comenzó a arder y sintió una subida de adrenalina. Por las miradas curiosas de los que les rodeaba, Elaine supo que aquellas personas no se estaban perdiendo los maliciosos comentarios de Daniel.

–Al menos, no tengo que pisar a otros para ascender –dijo ella con frialdad.

–Por supuesto que no, Elaine –dijo Daniel–. Tan sólo has tenido que ofrecerte a otros en tu camino a la cumbre.

Elaine cerró los puños. Daniel no esperó contestación y se limitó a tomar el brazo de la mujer que lo acompañaba y se marchó.

–¿Quieres marcharte? –preguntó Marco tomándola del codo.

Ella miró a su alrededor. La gente seguía mirando.

–No.

–Parece que vayas a romperte en cualquier momento. Creo que por el bien de tu orgullo lo mejor será que nos vayamos.

Elaine tragó el nudo que se le había formado en la garganta y asintió. No iba a llorar porque no era llorona por naturaleza. Pero existía peligro de que acabara tirándole una bebida a Daniel en la cabeza.

Marco le dio las gracias a Caroline por ser la anfitriona del evento y tomó a Elaine por la cintura, dirigiéndola hasta la limusina. Le abrió la puerta y ella se metió en el vehículo. Luego hizo lo mismo y se sentó a su lado.

–¿Estás bien? –preguntó Marco, estudiando su rostro pálido.

El encuentro con aquel hombre la había alterado, a pesar de que se había mantenido calmada.

Elaine apartó el rostro de él, manteniendo fija la mirada en las brillantes luces de la calle.

–Por supuesto. Gente así forman parte de la vida, ¿verdad? Me refiero a gente que envidia el éxito de otros.

–Quizá lo que envidian sea el método.

–Quizá. Pero si de veras yo pretendía ascender, no habría estado encerrada en un cubículo.

–Dudo que hubieras permanecido encerrada en un

cubículo si te hubieran pillado flirteando con tu jefe casado. Los rumores corren.

–Y a veces los rumores no son ciertos. No puedo evitar los rumores, Marco. Créeme, lo he intentado. Nadie cree la verdad y la mentira me ha causado problemas que nadie querría en una oficina. Trabajar duro no va a ser suficiente, no con todo eso... –dijo señalando hacia el hotel– en la cabeza. Pero no soy la mujer que Daniel dice y me niego a ser castigada por pecados que no he cometido.

Marco se encogió de hombros.

–Francamente, no me importa lo que pasó. Si te acostaste o no con tu jefe, me da igual. Pero debo advertirte que, aunque haya hombres que se ciegan ante las curvas generosas, yo no soy así. No te servirá de nada usar tu cuerpo para ganarte mi corazón o mi cuenta bancaria.

–Mi cuerpo no está disponible.

–¿De veras?

Estaba enfadada y Marco se dio cuenta, aunque no estaba seguro de si era por haber sido insultada o falsamente acusada. Sabía que era una mujer calculadora, pero no le importaba. Era imposible que se convirtiera en una víctima de sus maquinaciones como al parecer lo había sido el estúpido de su jefe. No iba a dejarse llevar por su boca tentadora ni por sus atractivas curvas.

Claro que podía intentarlo. Eso haría que los próximos doce meses fueran interesantes.

–De veras –afirmó tajante–. Tengo demasiado orgullo como para seducir a mi jefe para conseguir un ascenso.

Marco se quedó estudiándola. Era posible que tuviera demasiado orgullo para hacer una cosa así ahora. Por entonces, era muy joven.

–No me importa de una manera o de otra.

–¿No te importa que me aproveche de ti?

–No me importa lo más mínimo. Aunque puedes intentarlo.

Tenía mucha experiencia con mujeres maquinadoras.

–No creo que eso ocurra. Tenemos un acuerdo. Ya tengo lo que quiero.

Él alzó la mano y le acarició la mejilla. ¿Qué tenía aquella mujer que resultaba tan tentadora?

–Pero ¿y si pudieras conseguir más? ¿No te atrae eso?

Elaine dejó escapar un suspiro.

–No, me gusta ganarme las cosas.

Marco sonrió lentamente.

–Eso podría interpretarse de muchas maneras, *cara mia*.

–Sabes a lo que me refiero.

La limusina se detuvo delante del edificio donde estaba su apartamento. Ninguno de los dos se movió.

Ella abrió la boca y se pasó la lengua por los labios. Era pura tentación y no estaba acostumbrado a resistirse.

Marco se inclinó hacia delante, pensando en que se apartaría. Pero se encontraron a medio camino y sus bocas se unieron. Él la tomó por la nuca y se hundió en su boca, saboreándola.

Bruscamente, Elaine se apartó.

–No debería haber ocurrido.

–Es sólo un beso –protestó él, consciente de que sonaba tan frustrado como se sentía.

Se había hecho a la idea de tomarla en el asiento trasero del coche, con las ventanas tintadas como única separación entre ellos y el mundo.

–Y no debería haber ocurrido.

Elaine se pasó las manos por el pelo. Luego, suspiró y alzó la barbilla, recobrando su porte altivo.

–Te invitaría a pasar, pero no quiero.

–Quieres que pase, pero tienes miedo de lo que pueda ocurrir si lo hago.

Ella se quedó pensativa.

–Tienes razón. Ésta puede ser una gran ocasión para seducirte y sacarte millones, pero me duele la cabeza. ¡Maldita sea!

Él rió. Aquella mujer tenía sentido del humor.

–Incluso las mujeres tentadoras necesitan tomarse una noche libre de vez en cuando.

Ella esbozó una sonrisa y salió del coche.

–¿Elaine? –dijo, haciéndola detenerse–. La próxima vez, te veré vestida de blanco.

Capítulo 5

LA BODA se convirtió en un evento social muy esperado, a pesar del poco tiempo que había pasado entre el anuncio y la ceremonia. O quizá precisamente por esa razón. Elaine no pudo evitar pensar que la prisa de aquel matrimonio era parte de lo que lo hacía interesante.

Mientras recorría el pasillo hasta el altar, sintió que todos los ojos que estaban en aquella iglesia histórica examinaban su vientre liso.

La luz del sol de la tarde se filtraba por una ventana redonda, lanzando reflejos azules en el suelo de piedra. El ambiente estaba cargado con el aroma de las flores. Era una boda bonita, pero no de su gusto, excepto por el sencillo vestido que llevaba. Pero nada de eso importaba. Lo que importaba era lo que iba a ocurrir en los próximos doce meses, cuando la compañía por la que tanto había trabajado fuera suya.

Alzó la vista y miró a Marco, que la esperaba en el altar. Nunca lo había visto tan guapo. Llevaba un esmoquin negro que resaltaba sus hombros anchos y su estrecha cintura. Estaba en una forma física estupenda, aunque las horas en el gimnasio no eran su único encanto. Era muy guapo y sus rasgos eran una mezcla de masculinidad y belleza. Pero era su carisma y su seguridad lo que hacía que la gente se sintiera atraída por él.

No era como ninguna persona que hubiera conocido. Y estaba a punto de casarse con él.

Tragó saliva. Aquello no era más que un acuerdo empresarial, un contrato más.

Se aferró al ramo y tomó la mano del novio.

Elaine no supo cómo se las había arreglado para sobrevivir a la ceremonia, al besamanos y a las cuatro horas de recepción. Le dolían los pies por los tacones y la cara de tanto sonreír. Bailar con Marco y pretender que no se estaba derritiendo por el calor que le estaba haciendo sentir, había sido agotador, además de una tortura.

Se acomodó en el asiento de la limusina y dejó escapar un suspiro.

–Ha sido agotador.

–Eso lo suelen decir las recién casadas después de la luna de miel.

La limusina llegó al ático de Marco y Elaine no esperó a que le abriera la puerta. Se bajó y lo esperó junto a la entrada del edificio.

Marco llegó a su lado y la adelantó. Sus pasos eran largos y a duras penas podía seguirlo.

Se había cambiado de ropa después de la recepción y llevaba una falda estrecha de seda blanca y un jersey verde, y aún llevaba aquellos ridículos zapatos de tacón con los que era difícil caminar.

Lo siguió por el largo pasillo de mármol. Aquél era la clase de apartamento que se esperaba que tuviera un hombre como él. Probablemente las mujeres fantaseaban con un sitio así.

Su estómago se encogió al pensar en que había llevado a otras mujeres allí. ¿Cuántas habrían sido? O lo que era más importante, ¿a cuántas tendría que ver durante su matrimonio? ¿Los oiría mientras estuviera en su habitación tratando de dormir?

–Éste es mi ascensor.

–¿Tienes tu propio ascensor?

–Sí, es la entrada principal de mi casa. No sería seguro que cualquiera pudiera utilizarlo.

La hablaba como si fuera una niña pequeña.

–¿Todo el mundo tiene su propio ascensor?

–No, sólo yo.

Introdujo un código y el ascensor se abrió. La subida fue larga y al llegar, las puertas se abrieron descubriendo una estancia amplia y luminosa. No tenía nada que ver con el resto del edificio. No era recargada, ni tenía filigranas doradas en las ventanas, ni había un jacuzzi en medio de la habitación. Lejos de lo que había imaginado, era un apartamento moderno de líneas sencillas. Las paredes blancas y el techo abovedado daban sensación de amplitud. Las ventanas eran enormes cristaleras de suelo a techo con una fantástica vista del perfil de Manhattan.

La cocina y el salón estaban unidos. Las encimeras de la cocina eran de granito y los electrodomésticos de acero inoxidable. Era la clase de hogar en el que siempre se había imaginado. Su pequeño apartamento con muebles de segunda mano no podía competir con el espacioso y moderno ático de Marco. Pero no tenía dinero para una casa así.

–¿Te gusta? –preguntó Marco.

Su voz grave y sexy la hizo estremecerse.

–Sí. Está decorado con mucho gusto y la vista es asombrosa. Aunque estas ventanas no ofrecen demasiada privacidad, ¿no?

–¿Vamos a necesitar privacidad? –preguntó enarcando las cejas.

–¡No! Quería decir que... Me refiero a que la gente puede ver lo que ocurre dentro.

–No pueden ver desde fuera, es un cristal especial. Pero tomaré nota de que pretendes hacer cosas en mi salón que requieren privacidad. Trataré de trabajar desde casa más a menudo.

Era en momentos como aquél cuando deseaba poder tener respuestas rápidas.

Carraspeó y trató de mostrar cierta dignidad.

–¿Dónde está mi habitación?

–Al final del pasillo, la última puerta. Hay un cuarto de baño en la habitación, así que tienes la privacidad que necesitas. Estaré en mi despacho, tengo trabajo que hacer.

No quería ver en qué dirección se iba, ni siquiera lo intentó. Se limitó a avanzar por el pasillo, pensando en el baño que se iba a dar.

Su habitación era blanca, como el resto de la casa, y le agradó comprobar que tenía vistas del perfil de la ciudad. Desde luego que eran unas vistas mejores que las que tenía en su apartamento, que consistían en una pared de ladrillos y en la ventana del dormitorio del vecino.

Todas sus pertenencias, excepto el mobiliario, habían sido llevadas por una compañía de mudanzas, y seguían guardadas en las cajas que estaban arrinconadas. No le apetecía desempaquetarlas esa noche. Lo único que le apetecía era darse un baño y meterse en la cama. La imagen de Marco con el pecho desnudo y su piel junto a la suya se formó en su cabeza.

Sola. Se iba a ir a la cama sola.

Entró en el cuarto de baño y su corazón estuvo a punto de detenerse. Había una ducha separada de la bañera, todo en mármol italiano.

Volvió al dormitorio y estuvo revolviendo hasta que encontró su iPod. Luego buscó la maleta en la que había puesto su ropa para sacar un pijama.

Le llevó un rato llenar la bañera, pero mereció la pena. Se sumergió en el agua caliente y sintió que sus músculos tensos comenzaban a relajarse. Cerró los ojos y apoyó la cabeza, tratando de asimilar lo que había pasado ese día.

Su momento de tranquilidad se vio interrumpido por una corriente de aire fresco. Levantó la cabeza y vio a Marco en la puerta.

–Me alegro de comprobar que te sientes como en casa.

–¡Sal de aquí! –exclamó Elaine tratando de cubrirse.

Nunca antes había estado desnuda delante de un hombre.

–Ahórrate tu pudor de doncella.

No tenía ni idea de lo acertada que era su descripción.

–No hay nada que no haya visto antes –añadió–. Confiaba en poder retrasar un viaje un par de días, pero me necesitan en Hawái para cerrar un importante acuerdo.

–¿Podemos seguir esta conversación cuando no esté desnuda y goteando agua?

Marco tensó la mandíbula. La imagen que aquel comentario evocaba era tan erótica que a punto estuvo de sacar aquel cuerpo resbaladizo de la bañera para demostrarle lo que podía hacerle mientras estuviera desnuda y goteando agua.

Había pensado que al pillarla en el baño podría desvelar el misterio y disminuir así parte de su atractivo. Pero no había ocurrido. La piel que podía adivinar bajo el agua lo estaban excitando y haciendo que la deseara con una intensidad que lo sorprendía.

Los intentos de Elaine por cubrirse habían hecho que su escote asomara sobre la superficie del agua y le estaba costando trabajo apartar la mirada. Había visto muchas mujeres desnudas, algunas de ellas muy guapas. ¿Por qué iba a ser aquélla especial? No debería serlo, pero lo era.

–De acuerdo, te esperaré en el salón.

Tan pronto como se fue, Elaine salió de la bañera. Se envolvió en una toalla y echó un vistazo al dormitorio. Después de comprobar que no estaba allí, buscó algo que ponerse. Abrió el armario y a punto estuvo de caerse de espaldas. No había ningún traje de chaqueta azul o negro. El armario estaba lleno de ropa de marca y toda ella era muy diferente al que solía ser su uniforme. Aquel acuerdo mejoraba por momentos.

Echó un vistazo a la ropa. Había prendas de cachemir, seda y algodón, en tonos azules, rojos y dorados. Su parte más femenina estaba encantada ante aquella variedad. Era como estar de compras en casa. Pero no iba a aceptar aquello, aunque tampoco estaba dispuesta a ir a hablar con él vestida con una toalla.

Oyó a Marco paseando por el salón. Le incomodaba imaginar cuál sería la reacción de Marco al verla con el bonito vestido de seda que había elegido. Volvió a dejar el vestido en el armario, tratando de olvidar la imagen de Marco acariciándola por encima de aquella fina seda.

Todas las prendas eran extremadamente femeninas y ligeras. Eligió un vestido de algodón y, con él colgado del brazo, se fue a la cómoda en busca de ropa interior, que probablemente también había sido elegida por él.

Su rostro comenzó a arder al pensar en las manos de Marco sobre aquellos sujetadores y bragas de encaje. Le resultaba muy íntimo, insoportablemente sensual. Eligió unas bragas rojas y el sujetador a juego y acarició con los dedos el tejido. ¿Habría hecho Marco lo mismo? ¿Se la habría imaginado con ello puesto? Apretó los muslos para sofocar la sensación que la asaltó y sus pezones se erizaron bajo la toalla.

Elaine detuvo su imaginación desbocada. Se puso la ropa interior antes de ponerse el vestido de tirantes, y se anudó el cinturón. El escote era amplio y pensó en buscar un imperdible para unir los extremos en forma de uve.

–¿Elaine?

La voz de Marco resonó en el pasillo y Elaine salió rápidamente de la habitación. La idea de que entrara en su habitación era algo que sus hormonas no soportarían.

Marco se giró al oír que Elaine entraba en la sala. Había confiado en conseguir controlar sus ansias para cuando su esposa se hubiera vestido y se reuniera con él. Y así habría sido si no hubiera aparecido vestida como la fantasía de cualquier hombre.

El vestido rojo de tirantes se ajustaba a su cuerpo con un lazo, haciéndola parecer un regalo envuelto para él. Un regalo que estaba deseando desenvolver. Deseaba tirar de los extremos de aquel lazo y descubrir su piel pálida bajo aquel vestido. Deseaba ver cada centímetro de su cuerpo, acariciar su piel sedosa y besar su cuello.

La costura de su pantalón se tensó por su erección y cambió de postura, tratando de disimular su reacción.

Elaine se sentó en el sofá. Sus pechos se movieron con ella y aquel suave bamboleo atrajo su atención. Si llevaba sujetador debía de ser uno ligero y de encaje, pensado para realzar los pechos de una mujer más que para disimularlos. Podía adivinar sus pezones bajo el fino algodón. ¿Serían pálidos y rosados como toda ella? Apretó la mandíbula. Debía de estar haciendo aquello a propósito. Nadie podía estar tan provocativo por casualidad.

Era más guapa de lo que le había parecido en un principio. El disfraz de empresaria lo había engañado, pero poco a poco la máscara estaba cayendo y estaba conociendo a la verdadera Elaine. Se había mostrado abochornada al encontrarla en la bañera, pero dudaba de que una mujer tan seductora pudiera avergonzarse por algo así.

Había hecho un trabajo magnífico disimulando su aspecto sensual y provocador. A pesar de su reputación, casi lo había convencido de que era una mojigata. Ahora se daba cuenta de lo buena actriz que era. La mujer que estaba sentada frente a él conocía el efecto que provocaba en los hombres. Era imposible que no se diera cuenta del atractivo sexual que irradiaba.

Podía ser divertido seguirle el juego, tomar lo que le estaba ofreciendo mientras compartieran el mismo techo. Era muy tentador. Sabía que tenía un calendario, pero a él no le preocupaba. Podía disfrutar de ella físicamente y no caer en su trampa.

Más tarde, cuando el acuerdo con James Preston se cerrara, consideraría aceptar su oferta de usar su cuerpo exquisito.

Marco carraspeó y se sentó en la butaca que había frente a ella. Miró a Elaine como si estuviera a punto de comenzar una reunión del consejo de administración.

–¿Qué has hecho con mi ropa? –preguntó ella, arqueando una ceja.

–Está en una caja en algún sitio –contestó él agitando una mano en el aire.

–¿No crees que deberías haberme consultado antes de cambiar todo mi vestuario?

–Era necesario, créeme.

–No me entusiasma sentirme comprada.

–Eso es básicamente lo que he hecho. Te voy a pagar con Chapman Electronics por ser mi esposa. Y si vas a hacer el papel de la señora De Luca, tienes que dar la talla. Los actores usan disfraces. Considéralo así si te hace sentir mejor.

Abrió la boca para decir algo, pero volvió a cerrarla.

–¿Sabes que he estado viendo uno de los hoteles de James Preston en Hawái y que está deseando vendérmelo debido a mi buena reputación?

–Sí, lo recuerdo. El Hanalei Bay Resort.

James Preston era un hotelero legendario. Su resort en la isla de Kauai era el lugar escogido para las bodas de los famosos, las reuniones de empresas y las escapadas románticas de los millonarios.

–El mismo –dijo él sonriendo.

–¿Todavía tiene dudas?

–Se va haciendo a la idea poco a poco, pero quiere reunirse conmigo antes de llegar a un acuerdo.

–Lógico.

–Además, tengo que revisar las instalaciones antes de tomar una decisión final.

–¿Cuánto tiempo estarás fuera?

–No estaremos fuera más de dos semanas.

–¿Estaremos?

–Sí, los dos.

–¿Y mi trabajo? ¿Esperas que lo deje todo para ir al paraíso y dejarlos plantados?

–Así es, Elaine. Piensa en esto como en una prueba de trabajo. Si haces las cosas a mi manera, al final te harás con la compañía. De todas formas, recuerda que si mis objetivos se alcanzan, los tuyos también.

–¿Cuándo nos vamos?

Capítulo 6

LOS COLORES vibrantes de la isla aparecieron en el campo de visión de Elaine mientras el avión se aproximaba a tierra. Los árboles eran tan frondosos que apenas podía ver la pista y le pareció que el avión iba a estrellarse con las palmeras de la costa.

–Es muy bonito –dijo.

Marco, que iba sentado frente a ella, apenas levantó la vista del ordenador portátil. Su avión privado era del tamaño de su apartamento y estaba muy bien decorado. Probablemente se había comportado como una patosa al embarcar el avión en Nueva York. Se había quedado con la boca abierta al percatarse del lujo de lo que la rodeaba.

–Sí, lo es. Por ello me interesa tanto este negocio.

Incluso aquel comentario la hizo estremecerse. Aunque recitara los resultados de los partidos de béisbol, su voz seguiría siendo irresistiblemente sexy. Empezaba a resultarle exasperante. ¿Dónde estaba su atención? Estaba muy cerca, a tan sólo doce meses de conseguir su objetivo, pero su mente y su cuerpo estaban pendientes de Marco.

Quizá fuera normal. Quizá sus hormonas y sus deseos no podían seguir siendo ignorados. Quizá se habían estado acumulando en su sistema durante los últimos diez años y ahora, al reparar en el primer hombre deseable que se le acercaba a menos de dos metros, habían aflorado.

No era que nunca hubiera tenido la oportunidad. Había habido muchos hombres que se habían interesado por ella, sobre todo en la universidad. Algunos le habían gustado e incluso había salido con ellos. Había habido besos, pero no habían sido apasionados, y nunca les había dejado pasar del umbral de la puerta. Era como si nunca hubiera tenido el tiempo o las ganas de tener una relación física.

No podía olvidarse de Daniel, alguien que le había gustado mucho y por quien se había sentido atraída. Había estado a punto de dejarlo cruzar la puerta, pero al final, no sabía si por nervios o por su moral, no lo había hecho.

Su rechazo lo había cambiado todo. Al día siguiente, Daniel había dado rienda suelta a los rumores y al final del día todo el mundo había dado por buena su versión acerca de por qué la iban a ascender. Sus compañeros de trabajo habían preferido creer que se había acostado con su jefe, en vez de darse cuenta de que era muy buena en lo que hacía. Y de esa manera, su carrera había terminado antes incluso de empezar.

Lo que la traía al momento en el que estaba, en un avión privado, recién aterrizada en Hawái, con un esposo de conveniencia por quien sentía una fuerte atracción.

Marco se puso de pie nada más detenerse.

–Iremos directamente a Hanalei Bay Resort y nos pondremos cómodos en nuestra habitación. Más tarde, cenaremos con James y su esposa.

–¿Nuestra habitación? ¿Vamos a compartir?

Marco observó cómo Elaine se ruborizaba. Le resultaba divertido que una mujer de su edad pudiera ruborizarse con tanta facilidad. Prefería mujeres más sofisticadas, la clase de mujeres que no esperaban nada de un hombre salvo unas cuantas noches de mutua satisfacción. El único color en las mejillas de aquellas mujeres era el maquillaje que se aplicaban. Le resultaba un reto hacerla sonrojarse.

De nuevo, Elaine se ruborizó desde el cuello.

–No vas a deshacerte de mí tan fácilmente, *cara mia* –dijo acercándose a ella y levantándole la barbilla para que lo mirara a los ojos–. Estoy aquí para mostrarme como un marido enamorado. Y estamos de luna de miel, lo que quiere decir que permanecerás muy cerca de mí.

Elaine sacó la lengua para humedecerse los labios y rozó el dedo gordo de Marco, que sintió un estremecimiento desde su mano a su entrepierna. Lo deseaba. Probablemente deseara su dinero más que a él, pero no podía negar que no lo deseara físicamente.

Y estaba loco por tomarla, por tumbarla en el suelo y hacer que aquellas preciosas e interminables piernas lo rodearan por la cintura mientras gemía de placer junto a su oreja.

Estaba tan excitado que casi le dolía. Pero no llevaba ninguna protección y no era por casualidad. No quería correr riesgos con aquella mujer tan interesada con la que se había casado. Sus propios padres le habían dado una lección sobre la naturaleza humana. La avaricia y la autosatisfacción estaban en la esencia de todo ser humano. Incluso las personas más honestas y buenas podían corromperse por un precio. El cebo adecuado podía hacer que la gente cometiera toda clase de pecados.

No confiaba en aquella mujer. Sus motivos no estaban del todo claros. Había mentido a su propio padre y se había casado con un extraño, todo por su interés personal.

No tenía ningún interés en caer en las garras de aquella mujer. Era una estupenda manipuladora, una calculadora mujer de negocios, con un cuerpo de infarto, una competidora despiadada. Hasta que no supiera cuáles eran sus verdaderos motivos, mantendría las distancias.

Su erección protestó.

Elaine giró el rostro y tomó su bolso. Una vez recuperada la compostura, volvió a mirarlo. Su rostro de muchacha atribulada volvía a mostrar la máscara de la fría mujer empresaria. O bien era una gran actriz o una joven muy inocente. El no saber distinguirlo molestaba a Marco.

Pasó junto a él y sus senos rozaron su pecho. Enseguida se apresuró para romper el contacto. Parecía lo natural, como si hubiera sido un despiste. Pero si había algo que sabía de las mujeres, era que practicaban la naturalidad hasta que la convertían en un arte.

–Será mejor que haya dos camas –dijo estirando su largo cuello mientras dejaba caer lentamente los párpados.

Marco se quedó estudiando su bonito y altivo perfil. Todo en ella parecía diseñado para atraer la atención de los hombres. Suponía un desafío que despertaba su lado masculino más primitivo.

Un hombre que realmente entendiera la belleza femenina sería capaz de ver la suya, de apreciar su rareza y su cualidad incluso bajo la coraza que lucía.

Sonrió al ver la expresión altiva de Elaine.

–No creo que la suite de recién casados esté provista de dos camas. A menos que la pareja quiera experimentar cosas nuevas, no le veo sentido.

–Si esto es un truco para llevarme a la cama...

Marco la tomó por la cintura y la atrajo hacia su cuerpo.

–No tengo que esforzarme para llevarme a una mujer a la cama –dijo él.

Le acarició la clavícula y no se le escapó el estremecimiento que le produjo.

Elaine se contoneó, librándose de sus manos.

–Bueno, no voy a convertirme en una muesca más del poste de tu cama. Además, si añades una muesca más, la estructura de tu cama se desplomará y ¿dónde acabaríais tus amantes y tú?

–En el suelo.

El corazón de Elaine dio un vuelco. A su cabeza acudieron imágenes de Marco besándola apasionadamente, tomándola en el suelo y colocándose entre sus muslos... Parpadeó, tratando de borrar aquellas imágenes.

La expresión de los ojos de Marco revelaba que estaba teniendo el mismo pensamiento y eso fue suficiente para recuperar el sentido común y la cordura.

–Vaya formas –dijo sonando demasiado remilgada incluso para ella misma.

–Las formas están sobrevaloradas, especialmente en el dormitorio.

El hecho de que siempre tuviera una respuesta era exasperante. En eso, no podía competir con él. Le faltaban la sofisticación y la experiencia para fingir despreocupación cuando decía cosas como aquéllas. Hasta entonces, nunca se le había pasado por la cabeza practicar sexo en el suelo y estaba demasiado atribulada como para ser ingeniosa.

–¿Dónde está mi equipaje? –preguntó, confiando en que no comentara nada ante el súbito cambio de tema.

–Uno de mis empleados se asegurará de que lo metan en el coche de alquiler.

Elaine evitó hacer un comentario sobre los excesos de tener empleados en un avión privado. Iban a encontrarse con James Preston y tenían que parecer recién casados y no unos extraños.

Salió del avión detrás de Marco. Una cálida brisa marina mezclada con el olor a flores tropicales la embriagó. Le olía a sensualidad.

–*Aloha oe.*

Salieron a la pista y una mujer de pelo negro y piel cobriza le puso un collar de flores por la cabeza, y luego hizo lo mismo a Marco, antes de darle dos besos en las mejillas. En opinión de Elaine aquello no era necesario.

–*Aloha* –dijo Marco con su voz sensual.

No podía culpar a la mujer. Marco era un anuncio andante de los placeres de la carne.

Elaine se dio cuenta de que la mujer deslizaba una tarjeta en el bolsillo del pantalón de Marco y una extraña sensación se formó en su estómago, haciendo que se retorciera. ¿Celos? Nunca antes los había sentido y no era el lugar ni el momento para empezar a sentirlos. Tampoco era el hombre por quien sentirlos.

Un Mercedes McLaren estaba aparcado junto a la pista, con las llaves puestas. Debía haberse imaginado que Marco no iba al mostrador de alquiler de coches como el resto de los mortales.

Marco abrió la puerta del copiloto y le dirigió una sonrisa. Parecía todo un marido enamorado. No tendría ningún problema para convencer a James Preston de que se había reformado.

«Siempre y cuando no te convenza a ti», pensó y rápidamente apartó esa idea de su cabeza.

No le importaba si de veras se había reformado y había decidido que quería amor, compromiso y unos hijos. Podría tenerlos con cualquier otra mujer que quisiera esas cosas.

Había sido testigo de lo que le había ocurrido a su

madre. Había visto cómo había perdido su autoestima y cómo había hecho el ridículo para llamar la atención de los hombres, buscando el visto bueno de su marido y, cuando no había podido conseguirlo, había buscado jóvenes amantes al ser incapaz de valorarse ella misma. Elaine se había prometido que ella nunca sería esa clase de mujer. Nunca haría que sus esperanzas, sus sueños y su autoestima dependieran de otra persona.

Marco le puso la mano en la espalda y Elaine se metió rápidamente en el coche para evitar su roce. El frío del asiento de cuero le ayudó a sofocar las llamas que su mano habían encendido, pero las ascuas seguían ahí. Confiaba en que no se diera cuenta de lo mucho que le perturbaba físicamente. Un vistazo a su sonrisa deslumbrante mientras entraba en el coche, le hizo ver que era consciente del efecto que tenía en ella.

La virgen y el playboy. Era una pareja desigual. Nunca en su vida había sentido aquel nivel de deseo por un hombre y no sabía cómo disimularlo.

El motor se puso en marcha y Marco apretó el acelerador, haciendo que el coche pasara de cero a cien kilómetros por hora en un segundo. Elaine abrió los ojos como platos al ver el cuentakilómetros.

–¡Más despacio!

–Un coche como éste no está hecho para ir despacio.

Después de unos minutos, Elaine se relajó. El coche era seguro y Marco lo conducía con soltura, aprovechando su fuerza y obteniendo la respuesta que quería, una respuesta que sólo él podía conseguir. Y así, su mente volvió a pensar en sexo.

Provocaba ese efecto en las mujeres, en todas las mujeres, pensó mientras recordaba lo que había hecho aquella atractiva mujer nativa al llegar.

–La mujer del aeropuerto... ¿te ha dado su número de teléfono?

Marco se metió la mano en el bolsillo, sacó la tarjeta y la dejó en el regazo de Elaine.

–No lo he mirado.

Los números que había anotados en la tarjeta confirmaron la sospecha de Elaine.

–Muy bonito. Estamos de luna de miel y está intentando atraerte.

Él sonrió.

–Tiene sentido habiendo dos camas en la suite nupcial.

–Eso es repugnante –replicó sintiendo que le ardía el rostro.

–Fuiste tú la que puso las reglas del acuerdo, Elaine.

–No creo que fueras capaz de traer una mujer a nuestra habitación.

–Tienes que reconocerme el mérito por ello –dijo burlón–. No es que me haya acostado con todas las mujeres con las que me fotografían. El poste de mi cama es bastante robusto.

Elaine no supo por qué, pero el nudo de tensión que se le había formado en el pecho se aflojó.

–Creo que ambos somos víctimas de las mentiras de la prensa.

–Todo tiene que ver con la ambición –dijo Marco encogiéndose de hombros–. Hay mucha gente que quiere llegar a la cima. Quieren fama y fortuna y no les importa si para ello tienen que pisar a otros. Tu problema abrió puertas a más de una persona en la compañía, ¿verdad? –dijo y ella asintió–. Por eso tus compañeros se creyeron los rumores. Tu caída era el secreto de su éxito.

–Supongo que carezco de picardía. Quizá debería haberme inventado algún otro rumor.

–Dudo de que carezcas de picardía –dijo y tomando

su mano izquierda, se la levantó para hacer brillar su anillo de compromiso y su alianza a la luz del sol–. Ésta es la prueba.

–Y eso, ¿qué dice de ti?

Él rió.

–Nadie me ha acusado nunca de ser un buenazo.

Elaine no pudo evitar imaginarse que en la cama sí lo sería. Rápidamente puso freno a su imaginación y se concentró en el bonito paisaje que los rodeaba. El agua era clara y transparente, y había delfines nadando. Parecían acompañarlos mientras avanzaban.

La carretera se acabó al pie de la montaña, ante una pesada puerta de hierro en la que había un interfono y un teclado de números. Marco se acercó y metió una serie de números con sus largos y bronceados dedos. Elaine no pudo evitar reparar en sus manos una vez más.

Las puertas se abrieron y continuaron avanzando por el camino de acceso.

El hotel estaba construido en la ladera de la montaña. La terraza de cada habitación era privada y daba a la bahía, con sus aguas brillantes y su increíble paisaje.

Todo en la isla parecía estar afectando a sus sentidos. El ambiente salino era intenso, así como el perfume de las flores. La manta verde que cubría la montaña era densa, en contraste con la contaminación de Nueva York.

Marco le pasó el brazo por la cintura y la condujo hasta la entrada principal del hotel. Los tonos rosas y naranjas de la puesta de sol se reflejaban en la piedra exterior.

Un pequeño grupo de hombres salió del hotel y les dio la bienvenida con sus sonrisas. Un hombre joven y rubio estrechó la mano de Marco.

–*Aloha*, señor De Luca. El señor Preston está en una reunión y lamenta no poder darles la bienvenida a usted y a su esposa. Me llamo Jonathan y estaré encantado de ofrecerles lo que necesiten. La villa Ano Lani ha sido reservada para ustedes. Está a casi un kilómetro de la costa. Si quiere, uno de nuestros empleados o yo mismo podemos acompañarlos y ayudarlos a bajar el equipaje.

–Gracias, pero no será necesario. Aunque nos vendría bien un mapa del resort.

Jonathan se metió la mano en el bolsillo del traje y sacó un panfleto.

–Si hay algo en particular que necesite, el conserje se lo proporcionará.

–Creo que no he metido el cargador de mi teléfono móvil en la maleta –dijo Marco–. Me gustaría que me llevaran uno enseguida.

Después de averiguar el modelo, Jonathan y el resto del personal volvieron al hotel para completar su misión.

Era increíble la clase de servicio que el dinero podía comprar. Aunque la economía de su familia era desahogada, no podían aspirar a ser clientes de un sitio así. Marco tan sólo tenía que firmar un cheque y aquel lugar sería suyo. Aquel nivel de riqueza y de poder era asombroso. Elaine se preguntó si sería consciente de lo afortunado que era por estar en esa posición. Probablemente no. Había nacido en la abundancia y había aumentado su riqueza. Con razón era tan arrogante.

–No has olvidado el cargador –dijo Elaine al volver al coche.

–No, pero Jonathan seguirá teniendo trabajo si se las arregla para presentarse en la villa con uno en las próximas dos horas.

–¿Estás poniendo a prueba al personal?

–¿Por qué no? No soy un jefe fácil, Elaine. En un resort de este nivel, espero encontrar un servicio impecable. Me gustaría que el cambio de propiedad afectara lo menos posible y mantener el mismo personal ayudaría mucho. Aun así, esto no es una obra benéfica, lo cual quiere decir que quiero la perfección o si no, perderán sus empleos.

Marco la miró. Su expresión era reprobadora.

–¿Te supone algún problema?

–No me parece justo echar a alguien sólo porque no encuentre un cargador para tu móvil.

–Si vas a dirigir una compañía, tendrás que adoptar la misma mentalidad. El tiempo es dinero. Cuando tus empleados pierden el tiempo, malgastan tu dinero. Cuando dejan a un cliente insatisfecho, te cuesta dinero. Tienes buenas ideas, pero si no puedes llevarlas a cabo, si no puedes contar con un equipo que te ayude, no conseguirás nada.

–Creo que soy un ejemplo de lo que uno debe evitar para triunfar en el mundo de los negocios.

–Limítate a tratar a todo el mundo como me tratas a mí y no tendrás problema.

–Buena idea.

Marco observó cómo la expresión de Elaine se tornaba de asombro.

El coche tomó la última curva y apareció una villa. La villa Ano Lani estaba en mitad de un denso follaje y habían construido un estanque rodeando la casa, con un pequeño puente de madera de acceso. Grandes ventanales permitían la vista a las aguas cristalinas y a las montañas que la rodeaban. Era evidente que la villa, a pesar de su lujo, no era lo único por lo que los huéspedes pagaban. El verdadero lujo eran las vistas a la bahía.

–Supongo que la gente paga mucho dinero por quedarse en un sitio así.

–Miles de dólares por una noche. Y con la publicidad adecuada, pagarán más.

–Ahora entiendo por qué lo quieres.

–Será una buena adquisición. Normalmente construyo mis resorts, pero la bahía Hanalei está llena y un nuevo edificio no sería práctico.

Salieron del coche y Marco sacó el equipaje del maletero.

Las largas y tentadoras piernas de Elaine saliendo del coche resultaba una imagen tentadora que su libido apenas podía soportar.

–¿Siempre quisiste dedicarte al negocio inmobiliario? Tu padre era industrial, ¿verdad?

Una sensación de frialdad lo invadió. Era lo que le pasaba cada vez que pensaba en el bastardo de su padre.

–Mi padre no tiene nada que ver con mi elección –dijo en tono serio, sorprendiéndola–. He construido mi empresa de la nada. Fue pura casualidad que empezara a trabajar en una oficina inmobiliaria, pero no fue casualidad que destacara en ello y en todo lo que mi empresa ha hecho en los últimos trece años.

Se había imaginado que seguiría preguntando. Era inevitable. Las mujeres siempre querían saber lo que un hombre estaba pensando. Sin embargo, Elaine desvió la mirada y empezó a inspeccionar la villa.

Atravesó el pequeño puente de madera, agarrándose a la barandilla con un movimiento tan elegante que le hizo olvidar a su padre. El modo en que sus dedos acariciaron la madera le resultó simbólico de una manera que no quiso detenerse a pensar.

Subió la escalera y llegó al porche. Marco ni siquiera

se molestó en apartar la vista de su figura curvilínea, de su trasero respingón y de su estrecha cintura.

Al entrar en el amplio salón, se percató de que los hombros de Elaine se relajaban.

–Hay muchos sitios donde dormir.

Debía haber pedido que quitaran todo menos la cama para así obligarla a elegir entre dormir en el suelo de bambú o pasar la noche en sus brazos. Era cierto lo que le había dicho acerca de que nunca había tenido que coaccionar a una mujer para llevársela a la cama. Normalmente lo hacían encantadas. Pero algo en su resistencia le resultaba tentador. Claro que algo diferente y nuevo en lo que a sexo se refería era algo fuera de lo común para un hombre de su experiencia.

No era extraño que la encontrara tan misteriosa. Estaba acostumbrado a mujeres descaradas, mujeres que se quedaban mirando con ojos hambrientos y que casi suplicaban que las tomara en la primera cita. Le gustaba el sexo y tenía un sano apetito para ello, pero últimamente aquel juego había empezado a cansarlo. Le había empezado a parecer desagradable, motivo por el que no estaba buscando una mujer para saciar sus deseos. Quizá por eso veía a Elaine tan tentadora.

–Será mejor que nos preparemos para la cena.

Elaine se sobresaltó cuando la voz sensual de Marco interrumpió sus pensamientos. Se giró para mirarlo y su corazón hizo aquella cosa extraña que hacía cada vez que su atractivo masculino la pillaba con la guardia baja. Lo cual ocurría cada vez que lo miraba.

Quizá ella tuviera que arreglarse para la cena, pero él estaba tan perfecto como siempre. No tenía ni un pelo fuera de su sitio. Llevaba la camisa blanca perfectamente remangada, dejando ver sus fuertes brazos. Sus pantalones negros no tenían ni una arruga. Sin embargo, su pelo rubio estaba rizándose por la humedad y tanto su blusa como sus pantalones evidenciaban las largas horas de viaje.

Elaine se disculpó y se fue al lujoso cuarto de baño. El estar allí a su lado, en aquel lugar pensado para enamorados, le resultaba demasiado íntimo y tentador. De repente se dio cuenta de por qué tantas chicas en el instituto y en la universidad habían hecho el ridículo por algún chico. Para ella había sido fácil mantenerse al margen dado que nunca antes había deseado un hombre de aquella manera. Ahora lo entendía.

Le habían gustado los hombres y en ocasiones había sentido mariposas en el estómago al estar junto al objeto de su deseo. Pero esta vez era diferente. Había algo primitivo, una respuesta física que no guardaba relación con sus sentimientos. Aunque no tuviera experiencia sexual, su cuerpo sabía lo que quería y sus demandas se estaban haciendo más intensas con cada minuto que pasaba en compañía de su esposo.

Sacó de la maleta su estuche de maquillaje y lo dejó en la encimera de mármol. Abrió el grifo y se lavó la cara con agua fría, en un intento por refrescar sus hormonas.

La ducha no tenía cortinas, sino un panel de cristal, así que no había intimidad. Aunque tenía la sensación de que iba a tener que ducharse vestida para sentirse tranquila teniendo a Marco cerca. Sobre todo teniendo en cuenta lo que había pasado la última vez que se había desnudado teniéndolo cerca. El recuerdo de Marco entrando en el baño mientras estaba en la bañera hacía que le subiera la temperatura.

Se desnudó rápidamente y se metió en la ducha sin importarle que el agua estuviera fría. Se depiló todas las zonas necesarias antes de salir y vestirse con un sencillo vestido de cóctel estrecho en color coral que Marco había elegido para tan importante encuentro.

En un acto de sinceridad consigo misma, reconoció que se había duchado a toda prisa no por temor a que él entrara en el baño. La sensación del agua sobre su piel sensible había sido demasiado para que sus hormonas encendidas lo soportaran. Le había hecho imaginar sus manos deslizándose por su cuerpo y la tensión de sus pechos y de su entrepierna había alcanzado un nivel insoportable.

Se recogió el pelo en un moño y se aplicó maquillaje antes de ponerse aquellos ridículos zapatos de tacón que Marco había elegido para ella. Se apresuró a volver al salón, mientras se ponía un collar de plata.

–¿Lista?

Marco acababa de salir de la ducha y llevaba el pelo mojado.

Elaine cerró los puños, clavándose las uñas en las palmas. Deseaba atravesar la habitación y acariciar sus rizos mojados. Sus latidos se aceleraron y una sensación de intenso deseo se apoderó de ella.

–Sí –afirmó.

Sus dedos temblorosos eran incapaces de ajustar el cierre del collar.

–¿Necesitas ayuda?

Su corazón latió con más fuerza.

–Sí... No.

Él sonrió.

–¿No sabes si necesitas ayuda?

«Estoy segura de que necesito ayuda».

Pero no la que él le ofrecía. Si hubiera estado en su sano juicio, habría rechazado su ofrecimiento.

Marco se acercó por detrás y Elaine sintió su aliento en la nuca. Una sensación de humedad se formó en su entrepierna. Él le puso la mano en el cuello y empezó a masajeárselo. Elaine sintió que las rodillas se le doblaban.

–Elaine, suelta el collar.

Sus manos soltaron el collar de plata. Enseguida Marco terminó de ajustar el cierre del collar. Al dejar de sentir su roce, Elaine se sintió de alguna manera abandonada.

Lentamente, sintió que la excitación que le había invadido desde el momento en que llegaran a aquel paraíso aumentaba. No podía dejar que aquello pasara. Era la clase de hombre que cambiaba de mujer como quien cambiaba de calcetines. No debía tener una relación con él. Aunque no hubiera sido el hombre inadecuado, no era el momento para tener una relación. Pero eso no detenía el deseo que sentía y que la tenía deprimida e insatisfecha.

–Gracias –murmuró Elaine y se apartó de él, confiando en que la distancia aliviara la intensa e inconsciente atracción que sentía por él.

–¿Lista para cenar, *amore mia*? –preguntó Marco tomándola de la mano y atrayéndola hacia él.

Capítulo 7

MARCO no pudo evitar sorprenderse por el comportamiento de Elaine durante la cena. Se mostró brillante, segura e ingeniosa. En pocos minutos, James Preston estaba comiendo de la palma de su mano. Aquel hombre maduro cayó rendido ante su encanto e inteligencia, lo que debería haber satisfecho a Marco. Sin embargo, una primitiva sensación de posesión lo embargó.

Se acercó a Elaine y la tomó por la cintura, atrayéndola hacia él. Pudo sentir el temblor de su cuerpo ante su roce.

–Así que, Marco –dijo James–, tengo entendido que te parece algo anticuado por mi parte que me preocupe por el resort cuando me jubile y lo venda. Pero lo creé de la nada. Éste fue mi primer gran éxito y tiene un valor sentimental para mí. Quiero estar seguro de que se lo dejo a alguien que conservará la esencia del sitio.

–Esa es mi intención. Seguirá teniendo un propietario, así que tendré el control total. Mi idea es mantener la exclusividad.

Marco continuó explicándole sus planes para conseguir una clientela aún más exclusiva para el hotel, con lo que incrementaría los beneficios y mejoraría la economía local.

–¿Y tu encantadora esposa participará en el proceso? –preguntó James mirando a Elaine.

Marco la sujetó con fuerza.

–Mi esposa participará en la medida que ella quiera.

James arqueó sus cejas canosas.

–Bueno, ya veo que es muy posesivo, ¿no? –dijo dirigiéndose a Elaine.

–Marco es un hombre chapado a la antigua –respondió ella con tono burlón–. Tiene toda una reputación en lo que a mujeres se refiere, como estoy segura de que sabe, pero creo que he conseguido domesticarlo. Claro que hay momentos en que el hombre cavernícola que lleva dentro aparece.

La esposa pelirroja de James, Kim, esbozó una sonrisa y habló por primera vez desde que se sentaran a cenar.

–¿No es así como son todos los hombres?

–Compórtate –dijo James divertido.

Y así, la conversación pasó de negocios a asuntos más personales.

Marco tenía que admitir que Elaine sabía ganarse a las personas. Podía ser encantadora cuando quería y se mostró abierta con los Preston.

Marco convino con James en encontrarse por la mañana y dio por terminada la cena antes de que hubiera bebidas. Como norma, no solía beber. No le gustaba que sus sentidos se vieran afectados. Y con Elaine Chapman cerca, iba a necesitar que su mente funcionara a la perfección. Lo último que necesitaba era que sus decisiones se vieran afectadas por el alcohol.

Elaine salió delante de él del restaurante, contoneando las caderas con aquel estrecho vestido. Era como una flor tropical o una fruta exquisita. Una fruta prohibida. Estaba fuera de sus límites, una circunstancia extraña para él y que la hacía más suculenta.

Elaine estaba junto a la puerta del copiloto. Su

cuerpo quedaba oculto entre las sombras de los arbustos que había a ambos lados del asfalto.

–Así que soy un cavernícola, ¿no? –dijo aproximándose a ella.

Puso las manos en su cintura y la atrajo hacia él para que sintiera la dureza de su erección.

–No es la primera vez que lo digo –dijo ella con la respiración entrecortada.

–Se supone que has de comportarte –dijo él rozando con los labios la oreja de Elaine.

–¿Preferías que hubiera permanecido en silencio como la esposa de James?

–A los hombres les gusta que las mujeres hagan lo que se les dice –contestó subiendo la mano desde la cintura a los pechos de Elaine.

–Es una lástima. No creo que tenga suerte con los hombres.

–*Cara mia,* no me lo creo. Eres la tentación personificada.

–¿Incluso cuando soy contestona?

–Especialmente cuando eres contestona.

Elaine echó hacia atrás la cabeza, relajando su cuerpo y acoplándose contra él. Marco la besó en el cuello y ella se puso rígida.

–Detente.

Él la soltó.

–¿Por qué?

En algún momento entre el restaurante y el coche había decidido que no debía luchar contra aquella atracción que sentía por ella. Mientras que mantuviera el control de la situación, y no había duda de que lo haría, no habría peligro en disfrutar de una aventura con ella. Le resultaba sencillo disfrutar de los placeres de la carne sin vincular sus sentimientos y, por su experiencia, las mujeres modernas se tomaban el sexo de la misma manera.

Elaine bajó la mirada.

–Sólo complicaría las cosas.

Marco la tomó por la barbilla y levantó su rostro, obligándola a mirarlo.

–No hay nada complicado en relación al sexo.

–Quizá para ti no.

Elaine sabía que para ella lo sería. La cena había sido una tortura. Verlo hablar de negocios, con aquella expresión implacable mientras hablaba de sus planes para el resort, la seguridad que irradiaba, la arrogancia... Había sido el espectáculo más sexy que había visto en su vida. Le había hecho sentir no sólo deseo, sino muchas cosas más. No le había gustado el modo en que Kim Preston había admirado el físico espectacular de Marco, aunque no podía culparla. La mirada de Elaine había estado clavada en la alianza de la mano de Marco y no había podido dejar de pensar que aquel hombre era suyo.

No era cierto. No era suyo y nunca lo sería. ¡Ni siquiera debía desear que lo fuera!

Sentía que era incapaz de seguir resistiéndose. Si se dejaba llevar, si perdía el control, iba a caer en un abismo del que le sería imposible salir.

–No es nada complicado –dijo él con su voz sexy, provocándole un estremecimiento–. Es la cosa más básica del mundo. Hombre y mujer, deseo y satisfacción.

Lo que su comentario prometía, había robado su determinación.

–Marco, estoy cansada y tengo jet-lag.

Elaine sabía que la ausencia de un no rotundo no se le iba a pasar por alto. No había sido capaz de reunir las fuerzas para hacerlo. Sabía que era peligroso volver a la villa sin una decisión definitiva, pero quizá eso era lo que quería. Tenía que admitir que, al menos en aquel momento, lo que quería era dejar la puerta un poco abierta. No quería perder la posibilidad de hacer el amor con él y menos cuando lo deseaba tanto.

Continuaron en silencio el camino de vuelta al hotel. Elaine trató de calmar su respiración y de controlar las emociones que la embargaban. ¿Dónde estaba su mente fría? Era como si su faceta analítica la hubiera abandonado cuando más la necesitaba, como si no quisiera tomar parte del desastre venidero.

No, no habría ningún desastre. Mantendría el control. El problema era que no estaba del todo segura de querer controlarse.

En cuanto el coche se detuvo frente a la villa, salió. Necesitaba desesperadamente poner distancia entre Marco y ella para aclararse la cabeza.

Más que oírlo, sintió que Marco entraba en la habitación.

–Dormiré en el sofá –anunció ella rápidamente–. Tú eres mucho más grande que yo.

–Como quieras. Tengo que trabajar un rato antes de meterme en la cama. Estaré en el estudio.

–¿Te trajeron el cargador del móvil?

–Sí, lo trajeron –dijo sonriendo.

–Así que el personal podrá respirar tranquilo.

Elaine no sabía por qué estaba iniciando aquella conversación ni por qué se sentía tan reacia de dejarlo marchar y dar por terminada la noche. Todavía no había descartado del todo hacer el amor esa noche, aunque él al parecer sí lo había hecho. Debería sentirse aliviada.

–Siempre y cuando sigan trabajando así.

Marco se dio la vuelta y Elaine no pudo evitar disfrutar de las vistas. La anchura de sus hombros, su cintura estrecha y su trasero musculoso eran demasiado tentadores para dejarlos escapar. Tenía que poner sus ilusiones en algún sitio y hacía tiempo que no tenía ninguna. Y las que había tenido, eran inocentes en comparación a las emociones que invadían su cuerpo.

–Seguramente me vaya a la cama –dijo ella.

Marco se dio la vuelta y reparó en su aspecto lánguido. Probablemente estaba sopesando la necesidad de mantener su imagen de mujer distante frente a la necesidad de una noche de descanso. Claro que no tendría una noche de descanso ni en el sofá ni en la cama.

Marco se fue al estudio sin molestarse en saber cuál era su decisión final. El deseo que sentía lo perturbaba. Sí, hacía tiempo que no estaba con una mujer, pero eso no explicaba la intensidad de aquella sensación que le impedía concentrarse.

Era irónico que nunca le había propuesto matrimonio a ninguna mujer y que aquélla con la que se había casado parecía evitar todo contacto físico con él. Pero sabía que ella lo deseaba tanto como él, aunque algo la estaba deteniendo para dar el paso. Podía ser parte de su actuación. Quizá se estaba mostrando reticente con el fin de elevar su frustración sexual. O quizá fuera cierto que estuviera negándose a mantener una relación física. No podía descartar esa posibilidad.

Pero fuera cual fuese el motivo, seguía excitado. Apretó los puños y centró su atención en el ordenador, tratando de poner a trabajar su mente. Pero fue un intento inútil. Él no era un hombre acostumbrado a renunciar.

A pesar de que eran altas horas de la madrugada, sabía que estaba demasiado nerviosa para poder dormir. Paseó por la villa, deteniéndose a admirar la artesanía hawaiana antes de dirigirse al cuarto de baño.

Necesitaba un baño para calmar su cabeza y su cuerpo. Pero el cuarto de baño que estaba en el lado seguro de la villa, aquél que estaba lejos del dormitorio y del estudio de Marco, sólo tenía una ducha.

Abrió la puerta de cristal que daba al patio. Un muro de piedra y una parra enredada a una celosía permitían tener intimidad a la vez que dejaban ver la bahía, que a la luz de la luna se había tornado color plata.

Había un gran jacuzzi en un rincón del patio, junto a un estante con toallas y una bata de seda blanca. Suspiró aliviada. Al menos podría relajar la tensión de sus hombros.

Abrió los grifos y eligió uno de los aceites que había en el estante de las toallas. Había velas en los cuatro extremos del jacuzzi y un encendedor al lado. Era el entorno perfecto, relajante, sensual, romántico,... Era un sitio pensado para dos, pero sólo uno iba a disfrutarlo. Y eso era lo mejor.

Se quitó la ropa rápidamente, sin dejar de mirar hacia la puerta, confiando en que Marco no eligiera aquel momento para recorrer la villa y probar el jacuzzi. Aunque quizá fuera más interesante si lo hacía. Apartó aquel pensamiento y se metió en el agua, disfrutando del aroma a limón y menta.

Era fácil imaginarse a Marco sentado tras ella. Se veía con la cabeza apoyada en su pecho musculoso, sentada sobre sus fuertes piernas. Su corazón empezó a latir con fuerza y su cuerpo comenzó a experimentar una extraña debilidad.

Se puso de pie en el jacuzzi y tomó una toalla para secarse antes de ponerse la bata. Le agradaba la sensación del aire fresco de la noche. Necesitaba algo para refrescarse.

Recorrió el patio hasta el otro extremo y salió al muelle de madera que había a un lado de la villa. Se apoyó en la barandilla y se quedó observando un pez que nadaba lentamente en el estanque.

Se llevó una mano temblorosa a la cara. Tenía la sensación de estar librando una batalla perdida. Quizá la clave fuera dejar de luchar. Deseaba a Marco. No quería casarse ni enamorarse, al menos no en un futuro cercano, pero tampoco quería morir virgen. Era algo que no le había preocupado hasta entonces.

Si se acostaba con Marco, corría peligro de sentir algo profundo. Sabía que a veces las mujeres infravaloraban el efecto que el sexo tenía en ellas. Pero si mantenía la cabeza fría y se lo tomaba como una experiencia de la que aprender, quizá pudiera mantenerse distante.

–Te estaba buscando.

La voz profunda de Marco la sacó de su ensoñación. Elaine se giró para mirarlo y se le secó la garganta. No podía estar más guapo, más atractivo, más masculino,... Todo su cuerpo se estremeció anhelante.

–Me he dado un baño –dijo, confiando en que la luz de la luna disimulara su sonrojo–. Necesitaba relajarme.

Marco se acercó a ella, alzó la mano y le acarició la mejilla. Elaine se estremeció y sintió que los pezones se le erizaban bajo el tejido de la bata. Su piel deseaba sentir sus caricias.

Él le alzó la barbilla y sus miradas se encontraron. Elaine se sorprendió al ver reflejado en sus ojos la misma ansia que sentía.

–Si te beso, no podré detenerme –dijo con voz susurrante–. No hasta que estés desnuda gritando mi nombre.

Ella se chupó los labios, mientras él permaneció quieto, con la mirada clavada en ella. La estaba dejando tomar el control para que fuera ella la que diera el paso. No podía rechazarlo. Otra vez no. No tenía la fuerza de voluntad ni las ganas de apartarse de él.

–Marco –dijo confiando en que no notara el temblor de su voz–. Bésame.

Los labios cálidos y hambrientos de Marco tomaron los suyos. Ella se arrimó, sintiendo su erección en su vientre. Sus caderas se amoldaron a él y dejó escapar un gemido ante las sensaciones que la invadían.

Él le separó los labios y le metió la lengua en la boca. Elaine nunca había sido besada de aquella manera tan profunda y apasionada. Las brasas que se albergaban en su vientre se encendieron en llamas. Todas sus terminaciones nerviosas, todas sus células, se pusieron en alerta. El deseo se había convertido en algo salvaje e incontrolable, en algo tan necesario como respirar.

Marco llevó la mano a la cintura de Elaine y la bata cayó de su cuerpo, dejándola completamente desnuda. Él se apartó unos instantes para disfrutar de la visión de su cuerpo. Quería cubrirse, pero se contuvo. Nunca antes había estado desnuda frente a un hombre y estaba abrumada por la vergüenza, pero no quería comportarse como la mujer virgen que era. No quería confesárselo. Seguramente se reiría de ella, incluso quizá ni la creyera. Cerró los puños y mantuvo los brazos a cada lado.

–Eres una mujer muy bonita –dijo acariciándole un pezón con su dedo gordo.

Elaine suspiró ante la exquisita sensación que desde su pecho se expandió por su cuerpo.

Un gemido escapó de sus labios y toda sensación de modestia la abandonó. Lo abrazó de nuevo, estrechando su cuerpo desnudo contra él, sin importarle que siguiera vestido. Marco la tomó por el trasero y la apretó contra él. Los botones de su camisa le hacían cosquillas en los pechos y sentía su erección contra su vientre. Esta vez, sus rodillas se doblaron, pero su abrazo impidió que se cayera.

Volvió a besarla y deslizó las manos por su cuerpo, recreándose en sus curvas. Elaine estaba empezando a sentirse mareada. Una tensión insoportable se estaba acumulando en su entrepierna. Marco tomó sus pechos entre las manos, acariciando con los dedos gordos sus erectos pezones. Los músculos de su zona femenina se pusieron rígidos y un suspiro escapó de su boca. Él apartó una de sus manos y soltó una maldición. Luego, se separó de ella y Elaine vio que buscaba algo en su cartera.

–¿Qué pasa? –preguntó.

Todo su cuerpo estaba tenso. Necesitaba sus manos y su boca.

–No tengo preservativos –dijo Marco.

Ella sonrió. Le costaba creer que estuviera manteniendo aquella conversación con él.

–Creo que el hotel tiene un conserje muy diligente.

–Será demasiado tarde. Te quiero ahora, *cara mia.*

Una sensación de poder femenino la asaltó. Los dos tenían los mismos deseos. Estaba tan desesperado y ansioso como ella.

–Tomo la píldora –dijo Elaine, dando las gracias mentalmente a su médico por sugerirle tomar la píldora para regular su período.

Marco se quedó mirándola con expresión implacable.

–Estoy sano. Siempre uso preservativos, incluso cuando estoy con una mujer que usa algún tipo de anticonceptivo.

–Yo también estoy sana –le aseguró.

Volvió a encontrarse entre sus brazos. Sus besos

eran fieros y posesivos. Elaine empezó a desabrocharle los botones de su camisa blanca con dedos temblorosos. Oía los latidos de su corazón en los oídos. Cuando la camisa cayó al suelo, lo único que pudo hacer fue quedarse mirando fijamente la perfección que había descubierto.

–Quiero acariciarte –dijo ella.

–Adelante –dijo él sonriendo.

Un silbido escapó de sus labios cuando las manos frías de Elaine entraron en contacto con su piel cálida. Pudo sentir los fuertes latidos de Marco mientras recorría sus fuertes músculos pectorales hasta sus abdominales. Luego, deslizó un dedo por la línea de vello que se perdía bajo sus pantalones.

Marco contuvo el aire y la tomó por la muñeca para detener su exploración.

–Creo que ha llegado el momento de buscar una cama.

–Pensé que estabas acostumbrado a hacerlo en el suelo –dijo ella sin reconocer aquella voz sensual que acababa de salir de su boca.

–Descarada –dijo tomándola entre sus brazos antes de regresar dentro de la casa.

–Cavernícola –replicó ella con la respiración entrecortada.

–Es lo que me provocas –dijo Marco dejándola a los pies de la cama con dosel.

–¿De veras? –preguntó.

–Sí, haces que me sienta peligrosamente incivilizado.

La besó en el valle que había entre sus pechos. Elaine no habría podido responder a su comentario ni aunque hubiera querido. Luego, Marco tomó en su boca uno de sus pezones. Elaine cerró los ojos, concentrándose en el deseo que se acumulaba en su vientre y en la humedad de su entrepierna.

Marco le tomó las manos y se las llevó al cinturón. Con dedos temblorosos se lo abrió y lo soltó. Reparó en la abultada erección bajo sus pantalones negros y rápidamente le bajó la cremallera. Con el dorso de la mano rozó su pene y él dejó escapar un gemido de placer.

Envalentonada por su respuesta, rodeó su pene por encima de la ropa y lo apretó suavemente. Marco cerró los ojos y echó la cabeza hacia atrás.

–Eres una mujer peligrosa.

Elaine rió y empezó a bajarle los pantalones, tirando de sus calzoncillos a la vez. De repente le parecía muy importante contemplarlo, disfrutar de la primera vez que veía a un hombre desnudo, para saber exactamente a qué se estaba enfrentando.

La visión de su cuerpo desnudo la dejó sin aliento. Estaba muy guapo. Era un hombre grande, mucho más grande de lo que había pensado que podía ser un hombre, y tuvo que librar una pequeña batalla con sus nervios. Respiró hondo y rodeó su miembro con la mano. Su piel allí era caliente y suave y empezó a explorarlo, descubriendo lo que le gustaba y lo que le hacía gemir de placer.

–Suficiente –dijo tomándola de nuevo en sus brazos y haciéndola tumbarse de espaldas sobre el edredón blanco.

Marco lamió uno de sus pezones y después hizo lo mismo con el otro. Elaine sentía fuego en la pelvis y todos sus músculos se pusieron tensos.

Él se apartó para admirar su cuerpo. Sus ojos estaban llenos de pasión. Acarició con un dedo la cara interior de su muslo, aproximándose a su zona húmeda. Ella se estremeció y sus piernas empezaron a temblar.

Para comprobar si estaba lista, Marco deslizó un dedo en su entrepierna. Ella gimió, levantando las caderas de la cama.

–Estupendo –dijo él.

Luego, se inclinó, le separó las piernas y tocó su zona más sensible con los labios.

–¡Marco! –exclamó Elaine apartándolo.

Él rió y le apartó las manos antes de volver a bajar la cabeza y pasar la lengua por su clítoris. La tensión en su pelvis se incrementó y pensó que iba a estallar en pedazos.

Marco volvió a hacer lo mismo, penetrándola con la lengua y la tensión se rompió. Una oleada de placer la recorrió y por un momento era como si no hubiera nada más, tan sólo aquellas sensaciones profundas que tan perdida y sin aliento la estaban dejando.

Cuando volvió en sí misma, Marco estaba sobre ella, colocándose para penetrarla. Había alcanzado el orgasmo, pero seguía insatisfecha. Deseaba que la poseyera. Se aferró a sus nalgas y lo estrechó contra ella.

La penetró y el dolor la cegó unos instantes. Sus ojos se llenaron de lágrimas. Se mordió el labio inferior para evitar dejar escapar un grito y se quedó inmóvil, tratando de recuperar el aliento.

–¿Qué demonios...?

Marco empezó a apartarse de Elaine, pero ella lo sujetó por las caderas, atrayéndolo de nuevo.

–No. Ya estoy mejor. Tan sólo quédate quieto un momento –dijo y lo rodeó con las piernas.

Lentamente el dolor fue desapareciendo y dio paso a una sensación de plenitud que era incapaz de describir con palabras. De nuevo, la excitación afloró en ella.

Marco permaneció inmóvil. Los músculos de su cuello estaban tensos, mostrando el esfuerzo que estaba haciendo para mantener el autocontrol.

–Ahora –suplicó Elaine.

Entonces, Marco empezó a moverse. La sensación era muy intensa y placentera. Estaba perdida en el ritmo de sus embestidas. Sintió los espasmos de los músculos de su pelvis. Estaba llegando a algo que era demasiado profundo para comprender.

Entonces supo de qué se trataba. Era tan intenso, tan apasionado que no podía mantenerlo en su interior por más tiempo. Dejó escapar un gemido mientras el placer la invadía y se expandía por ella a oleadas. Se aferró a sus hombros, anclándose a él mientras alcanzaba el clímax.

Marco se puso rígido sobre Elaine y empujó. Al llegar al orgasmo se quedó quieto durante unos segundos antes de dejarse caer y abrazarla. Su corazón latía acelerado, al mismo ritmo que el de ella.

Era imposible controlar las sensaciones que la embargaban. Le había enseñado una parte de ella que no sabía que existiera. Su corazón estaba pletórico y sintió que unas lágrimas surcaban sus mejillas. No quería pensar en por qué se sentía completa con Marco a su lado. En ese momento temía ser la tonta inocente que había jurado que nunca sería.

Capítulo 8

MARCO rodó sobre su espalda. Su respiración era pesada y podía sentir los latidos de su corazón en la cabeza. Todo su cuerpo seguía en llamas por la que había sido la mejor experiencia sexual de su vida. Además del hecho más imprudente y estúpido que jamás había cometido.

Había practicado sexo con ella sin preservativo y la había creído cuando le dijo que tomaba anticonceptivos. Y lo cierto era que era virgen. ¡Una virgen!

Nunca antes había besado a una mujer inocente y ahora acababa de acostarse con una. Se sentía culpable por haberle arrancado su virginidad a la vez que sentía rabia ante la idea de que estuviera ingeniándoselas para atraparlo.

Se giró y miró a la mujer que tenía a su lado en la cama. Tenía unas lágrimas rodando por las mejillas y el labio inferior, hinchado por sus besos, estaba temblando. Sintió un nudo en su interior y la culpabilidad pudo con la ira.

–¿Te he hecho daño? –preguntó, secándole una lágrima con el dedo.

Ella sacudió la cabeza y sonrió.

–No me ha dolido demasiado.

–¿Por qué no me dijiste que eras virgen?

–No pensé que importara. De hecho, pensé que no te darías cuenta. Además, no me habrías creído.

–No lo sabes.

Tenía razón. No la hubiera creído. Habría pensado que era alguna clase de estratagema, alguna táctica para hacerle bajar la guardia y conseguir que hiciera algo estúpido e irresponsable. Aun así, había hecho algo estúpido e irresponsable.

Unas cuantas lágrimas más rodaron por sus mejillas.

–Te he hecho daño, ¿verdad?

–No, no sé por qué estoy llorando. No suelo ser llorona.

–La primera vez de una mujer es muy emotiva.

–¿Tienes experiencia?

–Tan sólo esta vez.

Una expresión de alivio apareció en sus llorosos ojos azules. Marco tenía intención de preguntarle acerca de las pastillas anticonceptivas, si de verdad las tomaba, pero no se atrevía a formular la pregunta al verla tan vulnerable.

Ella se sonrojó y paseó los ojos por la habitación para desviar su mirada.

Marco la tomó por la barbilla y la obligó a mirarlo.

–¿Necesitas algo?

–No tengo ropa aquí.

Él sonrió.

–He visto y saboreado cada centímetro de tu cuerpo, *cara mia*. Demasiado tarde para mostrarte vergonzosa.

–Bueno, es diferente. Estábamos... Y ahora estamos...

Elaine tiró de las sábanas y se cubrió el cuerpo con ellas antes de ponerse de pie.

–¿Adónde vas?

–Iba a por mis pastillas anticonceptivas y después iba a dormir en el sofá.

Aquello respondía su pregunta sobre las pastillas.

–No vas a dormir en la otra habitación.

–Creía que a los hombres no os gustaba hablar después de... Bueno, ya sabes.

–Vuelve a la cama, Elaine. Después de tomarte la pastilla, claro.

Salió disparada. Sus pasos estaban limitados por la sábana que la rodeaba.

No le encontraba sentido a aquella mujer. No daba la impresión de ser cándida y era extraordinariamente bella. El que se hubiera metido en su cama sin experiencia era una pieza más en aquel puzle. Se enorgullecía de adivinar lo que pensaban otras personas. En los negocios había algo más que números, había intuición. Con Elaine, su intuición parecía estar de vacaciones. No la entendía mejor que la primera vez que había entrado en su oficina con aquella extraña propuesta.

Elaine volvió a la habitación. Su rostro estaba sonrosado y llevaba la bata de seda que habían dejado en el porche y la sábana colgando del brazo.

–Mira, no estaba mintiendo –dijo mostrándole el paquete de pastillas–. No pondría en riesgo la compañía por algo así.

Dejó las pastillas en la mesilla de noche y se quedó de pie abrazándose. Se la veía joven e inocente. Algún desconocido y oculto instinto protector le hizo levantarse y tirar de ella hacia la cama.

–Así que, ¿por qué has decidido acostarte conmigo? Habías dejado claro que querías reservarte.

–No del todo –contestó ella encogiéndose de hombros–. Es como dijiste, deseo y satisfacción. Nunca antes había deseado tanto estar con alguien y no habría dado el paso si no hubiera estado segura de lo que quería. Hubo un hombre con el que pensé que... Bueno, cuando le dije que todavía no estaba lista, pareció entenderlo. Pero al día siguiente descubrí que le había ido contado a todos los de la oficina que estaba fuera de alcance porque tenía algo con el jefe. Sé que conoces la historia. De todas formas, nunca he querido volver a intentar tener una relación.

La veracidad de sus palabras hizo que Marco sintiera una punzada de dolor en su pecho. La imagen de una joven e inocente Elaine siendo arrastrada por el barro por un cínico, con el corazón roto y la reputación hecha añicos, le afectó más de lo que esperaba. No quería ser parte de aquel mundo que le había robado la inocencia, pero ya lo era.

–Ésta no va a ser una relación permanente. No es así como hago las cosas.

No le gustaba la crudeza de sus palabras, pero no quería darle tiempo para que fantaseara con la idea de un futuro en común. Ésa era una razón por la que siempre había evitado mujeres sin experiencia. Pensaban que el amor y el sexo eran dos cosas ligadas y lo cierto era que él no ofrecía esa clase de amor.

Elaine se irguió. Sus ojos azules no mostraban emoción alguna.

–Lo sé. Yo tampoco busco una relación.

Una vez más, aquella mujer se las había arreglado para sorprenderlo. Nunca decía o hacía nada de lo que esperaba que hiciera o dijera. Había imaginado que le preguntaría sobre sus sentimientos, pero en vez de eso, se había mostrado fría y distante desde que había vuelto a la habitación.

–Entonces, ¿qué es lo que quieres?

Se puso colorada. Ahora sabía que su rubor era real. Se sonrojaba como una virgen porque eso era precisamente lo que era.

–La compañía de mi padre –dijo levantando la barbilla.

–Me refiero a qué es lo que quieres de mí –dijo esbozando una sonrisa–. ¿Cuáles son tus condiciones?

Elaine no sabía cómo mantener una conversación con un hombre desnudo. Era difícil concentrarse en las palabras estando tan próximos. Todo lo que deseaba era besarlo, recorrer su cuerpo con las manos y sentir que la poseía una vez más. Más difícil era decirle lo que quería cuando no tenía ni idea de qué era lo que buscaba o esperaba.

¿De veras podía mantener una relación con él sin ataduras?

Su cuerpo decía que sí. Y su mente también. Cuando las cosas volvieran a la normalidad, Marco saliera de su vida y ella tomara posesión de su cargo de presidenta de Chapman Electronics, se entregaría de nuevo al trabajo. Nunca encontraría tiempo para una relación. Tenía que aprovechar el momento mientras pudiera.

Y cuando todo acabara, tendría unos bonitos recuerdos de lo que era estar en los brazos de Marco. No se imaginaba compartiendo con otro hombre las intimidades que había compartido con él. Quizá fuera su inexperiencia, pero lo cierto era que sentía repulsa ante la idea de otro hombre tocándola. Por eso tenía que disfrutar el momento. Los hombres satisfacían sus necesidades físicas sin que los sentimientos se mezclaran. ¿Por qué no iba ella a poder hacer lo mismo?

–Doce meses. La relación física durará lo que dure el matrimonio. Ninguno de los dos será infiel y al final cada uno obtendrá lo que hemos acordado –dijo ella, sorprendida por la firmeza de su voz.

Marco esbozó una sonrisa pícara, que hizo que el corazón de Elaine se desbocara.

–¿Un acuerdo de negocios, señorita Chapman?

–No podría ser de otra manera, señor De Luca.

Esta vez, su voz sonó temblorosa ante la expresión lasciva del rostro de Marco.

Él la rodeó por la cintura y la desnudó.

–Creo que podemos decir que estamos mezclando placer y negocios –dijo acariciando uno de sus pezones.

Elaine sintió que se derretía. Estaba dispuesta a entregarse a lo que quisiera hacerle.

Sus labios se cerraron sobre los de ella y le fue imposible pensar con claridad. Su corazón latía con fuerza y una nueva oleada de sensaciones invadió su pecho. Sus ojos volvieron a llenarse de lágrimas. Si podía mantener sus sentimientos al margen, entonces todo saldría bien. Podría disfrutar de Marco y salir airosa.

La idea de abandonarlo le hizo sentir una punzada de dolor que igualaba el placer que sus habilidosas manos estaban despertando. De pronto fue incapaz de pensar y se dejó llevar por un torbellino de sensaciones.

–Buenos días –dijo una voz profunda y viril, sacándola de su sueño.

Poco a poco sus sentidos fueron despertando. Había una mano grande en su vientre y podía sentir la potente erección de Marco junto a su costado.

Los hechos que habían ocurrido la noche anterior fueron tomando claridad. Se había acostado con Marco. Ahora, él sabía que había llegado a los veinticuatro años siendo virgen. Había accedido a mantener una relación exclusivamente sexual durante doce meses.

Había perdido la cabeza.

Marco deslizó su mano hacia arriba y empezó a jugar con sus pezones. Ella gimió. Sí, había perdido la cabeza. Y si seguía tocándola así, iba a perderla para siempre.

–Buenos días.

Trató de librarse de sus caricias para poder pensar con claridad, pero tan sólo consiguió que se intensificara el contacto entre ellos. El roce con su pene y el consiguiente gemido de placer hizo que una sacudida de deseo la recorriera. Parecía que no fuera a recobrar la cordura.

–No hace falta que te levantes. Nos traerán el desayuno en unos minutos.

–¡No quiero que me encuentren desnuda en tu cama!

–Somos recién casados. ¿Dónde si no iban a encontrarte?

Marco levantó las manos por encima de la cabeza de Elaine, atrapándola. Bajó la cabeza y la besó apasionadamente. Luego, colocó uno de sus muslos entre los de ella, separándole las piernas.

El interfono sonó y Marco se apartó de ella.

–No me importa que me encuentren en la cama contigo, pero no quisiera que nos interrumpieran haciendo el amor –dijo él sonriendo–. Pierdo el control contigo, *cara.*

No pudo evitar admirar su cuerpo desnudo mientras atravesaba la habitación para sacar unos vaqueros del armario. El saber que no llevaba ropa interior le resultaba excitante.

Había pensado que hacer el amor con Marco iba a saciar su deseo. Se había equivocado. Lo único en lo que podía pensar era en saborearlo de nuevo.

Ahora que había descubierto el sexo, se preguntó cómo la gente podía conseguir hacer cosas, porque el buen sexo aturdía los pensamientos y dibujaba una sonrisa bobalicona en el rostro.

Miró su imagen en el espejo que estaba al otro lado de la habitación. No había ninguna duda de que lucía aquella sonrisa bobalicona. Tenía la piel de la cara y el cuello irritada por el roce de la incipiente barba de Marco. Sabía que, si se miraba la cara interna de los muslos, encontraría la misma irritación. Eso hizo que se ruborizara.

Se levantó de la cama y pensó en ir al cuarto de baño para buscar su maleta. El día anterior no había deshecho la maleta. Se había resignado a dormir en el sofá y la idea de colgar su ropa en el mismo armario que Marco, le había parecido algo demasiado íntimo. Lo que en aquel momento resultaba divertido, puesto que después de la noche que habían compartido, ya no había secretos físicos entre ellos.

Marco regresó a la habitación en aquel momento, cargando con una bandeja llena de pasteles, fruta y embutidos. Iba sin camisa y parecía la fantasía de cualquier mujer.

Elaine se agachó y tiró de la sábana en un intento por cubrirse. Él rió y sacudió la cabeza antes de dejar la bandeja a los pies de la cama. Luego, tiró de la sábana dejando a Elaine desnuda. A continuación la besó en los labios.

–No tienes por qué cubrirte. Te prefiero desnuda –dijo apartándole un mechón de pelo del rostro–. Pareces más delicada.

Ella fijó la mirada en los músculos del torso de Marco.

–No puedo decir lo mismo.

–Sí, pero ésa es una de las muchas cosas que nos diferencian a los hombres y a las mujeres. Nuestras diferencias nos complementan.

Una sonrisa se dibujó en los labios de Elaine.

–Nunca antes lo había pensado de esa manera.

–¿Tienes hambre? –preguntó Marco sentándose en la cama y señalando la bandeja.

–Estoy muerta de hambre.

Se sentó junto a él, desnuda, preguntándose qué había pasado con el momento de cordura que había tenido al levantarse. De nuevo, volvió a asomar en su rostro aquella sonrisa bobalicona al mirar a su amante. Su amante. La sonrisa se hizo más amplia.

–¿Qué tenemos en el menú?

–Tostadas francesas y fruta fresca. Y creo que eso es embutido.

–No me apetece embutido –dijo Elaine tomando un trozo de mango.

Le resultaba extraño estar sentada con él en la cama compartiendo una bandeja y comiendo con los dedos.

Después de hacer el amor, se ducharon por separado y se prepararon para el día. Marco había tratado de convencerla para que se ducharan juntos, pero Elaine se negó consciente de que, si caía en la tentación, no saldrían en todo el día de la villa. Su cuerpo estaba deseando dejarse llevar, pero sentía la necesidad de controlar la situación y no sería capaz de hacerlo si dejaba que Marco le pusiera las manos encima.

Elaine hurgó en su maleta y encontró unos pantalones blancos cortos de lino y un top verde de seda. Nunca antes había estado tan consciente de su propio cuerpo hasta la noche anterior, cuando Marco le había enseñado lo que era sentirse una mujer. Deseaba distinguirse de los hombres y disfrutar del poder de su feminidad.

Se recogió el pelo y se fue al salón de la villa.

–¿Qué tenemos en la agenda? –preguntó Elaine.

Marco alzó la mirada y se quedó de piedra por el

arrebato de lujuria que sintió. Se la veía muy joven y guapa. Su porte altivo y distante había dado paso a una expresión encantadora. Parecía una mujer satisfecha y no pudo evitar regodearse como un cavernícola por el hecho de ser el hombre que le había hecho sentir de aquella manera. La había llevado hasta la cima del placer. Había sido el único hombre en besar sus pechos y en unir su cuerpo al de ella. Era toda una novedad para él. Aunque no lo llamaría novedad; era algo más que eso.

Todavía no tenía ni idea de cuál era su juego, si había algún juego. Por primera vez pensó que quizá fuera cierto todo lo que le había contado. Quería la compañía de su padre por una cuestión de orgullo y justicia, y había puesto todas las cartas sobre la mesa al casarse. Se había acostado con él porque lo deseaba. Nunca antes Marco se había preocupado por lo que pensaran sus amantes. Disfrutaba de sus cuerpos, pero le daba igual cuáles fueran sus sueños y deseos.

No debería ser diferente con Elaine. Era su esposa, pero el matrimonio no era más que un acuerdo empresarial. La relación que habían acordado era un asunto diferente. Era exclusivamente física y si Elaine pretendía que fuera duradera o quedarse con su fortuna, no iba a tener suerte. No era un hombre que se cegara por el sexo, aunque fuera un sexo fantástico. Sus sentimientos y su cabeza siempre permanecían separados. No había manera de que Elaine pudiera atraparlo.

–Negocios –contestó Marco.

La miró sonriente y se sintió satisfecho al ver que sus mejillas se sonrojaban. Todavía se ruborizaba inocente y eso le gustaba mucho.

–Tengo una reunión con James para exponerle mi plan de negocio para el resort –concluyó–. ¿Quieres acompañarnos?

Un brillo asomó en los ojos azules de Elaine y Marco ignoró la satisfacción que su felicidad le producía.

–Bueno, si no te importa...

–Ya es tuyo –dijo Elaine al salir de la oficina de James.

Marco reparó en la sonrisa confidente de Elaine.

–¿Eso crees?

Ella asintió y unos cuantos mechones de pelo escaparon de su coleta.

–Tu idea es muy buena. Por lo que has dicho en la reunión, creo que tus planes reportarán un incremento de beneficios del trece por ciento en dos años.

–Ése es un porcentaje más generoso del que había calculado.

–Entonces hay algo de lo que no te has dado cuenta –dijo regocijándose–. El club nocturno que piensas construir en el resort puede reportarte ganancias de los clientes de los otros hoteles, si consigues incluirlo entre los servicios ofertados. Eso te ayudará a compensar los gastos de construcción.

–Es una idea.

–Una muy buena idea.

Se inclinó hacia él y su esencia embriagó sus sentidos. Había sido suya esa mañana, pero su cuerpo seguía necesitando la intensidad que había experimentado a su lado.

–Estás muy segura de ti misma –dijo y la besó en el cuello.

–Deberías saber que la confianza es el secreto del éxito –dijo ella sin aliento.

–Pensé que era una pose.

Un gemido escapó de sus labios.

–No puedo pensar si sigues acariciándome así.

–¿Así? –dijo besándola en la base del cuello.

–Sí, así.

–Creo que es hora de volver a la villa.

–Estoy de acuerdo.

Los siguientes días transcurrieron en un ambiente sensual. La compra del resort estaba prácticamente hecha y James le había animado a que aprovechara el fin de semana para disfrutarlo con su esposa. En opinión de Elaine, lo había hecho bastante bien. Habían desayunado en la cama, cenado a la luz de las velas y, por supuesto, habían practicado sexo. No quería referirse a ello como «hacer el amor». Era demasiado peligroso, como cuando Marco la había tomado de la mano durante un paseo por la playa o cuando la había abrazado contra su pecho en la cama.

El lunes por la mañana pensó que Marco volvería a trabajar como de costumbre, pero para su sorpresa, salió del cuarto de baño con unos pantalones cortos y una camiseta.

–Pensé que podríamos pasar el día juntos –dijo él–. ¿Te compró mi secretaria calzado para caminar?

Aunque lo intentó, no pudo disimular la sensación que la invadió. Por lo visto, era algo normal en él tomarse tiempo libre para pasarlo con sus amantes.

Eso la dejó helada. ¿Era ella una de sus amantes? No, por supuesto que no. No dependía de él y de ninguna manera pretendía ser una mujer mantenida. Tenía un trabajo y muchas ambiciones.

–Creo que no, pero sí tengo zapatillas de deporte.

–Te servirán. No te mareas navegando, ¿verdad?

–No lo sé.

–Hoy vas a descubrirlo –dijo él sonriendo.

Una lengua de arena blanca delante de un espeso follaje surgió a la vista y Elaine se inclinó sobre la barandilla del pequeño yate para ver mejor. Respiró el aire salino y de nuevo se sintió aliviada por no sufrir de mareos.

Marco apareció por su espalda y la rodeó con sus fuertes brazos.

–Ésta es la isla de Kapu. Significa tabú –dijo y Elaine sintió un estremecimiento–. Está en venta y estoy pensando comprarla y construir una villa de lujo. Alquilar una isla privada es el no va más de las vacaciones.

–¿Vas a comprar una isla?

–Es un paraíso para enamorados. La fantasía de ser las únicas personas sobre la tierra hecha realidad, con todos los lujos modernos que se pueda imaginar.

Podía imaginárselo. Marco y ella solos en la isla, con nada más que hacer que darse placer mutuamente.

–¿Sería una ampliación del resort?

–De alguna manera, sí. Pero lo mantendré separado. Sólo cuando esté en uso podrá haber clientes y personal.

–Eso suena tentador.

–Ésa es la idea –dijo él sonriendo.

Marco y los pocos miembros de la tripulación apenas tardaron en atracar el yate.

–¿Tu familia solía navegar? –preguntó Elaine fijando la mirada en los músculos de sus brazos mientras se movía.

Marco se detuvo y se irguió. La expresión de su rostro cambió.

–No –dijo y cruzó la cubierta antes de bajar al muelle.

Marco no hablaba nunca de su familia y, hasta entonces, Elaine había pensado que era una casualidad. Pero debería haberse dado cuenta de que con Marco no había casualidades. Había evitado aquel tema a propósito y, si no quería hablar, no insistiría. No se había equivocado al adivinar que era reservado. No contaba nada personal, lo que tampoco le había importado puesto que ella tampoco quería revelar la desastrosa infancia que había tenido. Pero ya no era suficiente limitar la conversación al tiempo o a la bolsa. Quería más y eso era peligroso.

–Compré mi primer barco a los diecinueve años. Navegué desde Puerto Vallarta hasta San Diego y luego viajé por el país. Lo disfruté mucho.

Podía imaginárselo a bordo de un yate blanco, rodeado de mujeres con diminutos biquinis. Un nudo se le formó en la boca del estómago. Sabía que Marco tenía mucha más experiencia que ella y la idea de otras mujeres acariciándolo, la revolvía.

–Lo vendí hace unos años –continuó– porque ya no tenía tiempo de hacer excursiones en barco.

–¿Se vio afectada tu vida social? –preguntó sin poder borrar de su mente la imagen de mujeres bellas manoseándolo.

Él le dirigió una mirada fulminante, adivinando sus pensamientos.

–No me acuesto con todas las mujeres con las que me fotografían.

Elaine intentó mostrarse indiferente ante su comentario.

–¿Cómo?

–Creo que estás celosa, *cara mia*.

Marco parecía divertirse con la idea. Lo malo era que tenía razón.

–¿No te molestaría imaginarme con otros hombres?

Se acercó a ella y le dio un beso apasionado. Cuando se separaron, sus respiraciones eran pesadas y sus latidos, erráticos.

–No vivirían para disfrutar de sus dulces labios. Yo no lo permitiría.

Trató de darle una respuesta cortante, algo relativo a sus orígenes en la era neolítica. Pero estaba demasiado ocupada saboreando el placer de saber que Marco la deseaba y que no quería que nadie más la tuviera. Sentía que era suya del mismo modo en que ella se sentía dueña de él.

Rápidamente sacudió la cabeza para olvidar sus votos matrimoniales y siguió a Marco desde el muelle hasta la playa de arena blanca. No había ni una sola huella, tan sólo la marca de las olas.

–Me han dicho que hay una cascada. Podemos ir a verla si te apetece caminar.

–Por supuesto –dijo ella tratando de mantener su ritmo mientras caminaban entre los árboles.

Y pensar que hacía tan sólo una semana estaba sentada en su cubículo gris, calculando números... Parecía que hacía años de eso. Apenas encontraba conexión con aquellos dos momentos de su vida.

De pronto, Marco se giró y sonrió.

–Ya estamos cerca. Oigo el agua.

Caminaron en dirección al sonido, hasta donde acababan los árboles y se abría un claro. El agua caía en cascada por una formación rocosa hasta una poza de aguas profundas.

Marco se puso a su lado y la rodeó por la cintura. Podía sentir el calor de su cuerpo a través de la ropa.

–No parece real. Es como un sueño.

No sólo se refería al entorno, sino al hombre que tenía a su lado.

–¿Crees que esto les gustará a los que busquen un rincón romántico?

–A mí me parece absolutamente perfecto.

–¿Quieres probar el agua?

Ella lo miró escéptica.

–Pensé que habíamos venido por negocios.

Marco sintió una erección al imaginársela con el cuerpo mojado y los pezones duros por el frío del agua.

–Hemos venido a probar las instalaciones –dijo–. Nunca compro un coche sin antes probarlo. No voy a comprar una isla sin antes conocer sus atracciones.

Una sonrisa iluminó el rostro de Elaine y se soltó los tirantes de su top. Aquel top estrecho llevaba atormentándolo toda la mañana. Después, se lo sacó por la cabeza y se quedó con un biquini azul que apenas cubría sus curvas. Sus pezones estaban duros y presos de la lycra. Deseaba acariciarla, saborearla, recorrerla con la lengua hasta que gritara su nombre.

–¿Ves algo que te guste?

–No lo sé. Continúa.

Elaine puso los ojos en blanco y se quitó los pantalones cortos que llevaba. La parte inferior del biquini era tan diminuta como la superior.

–Tu turno –dijo ella, con aquel tono de voz sensual que revelaba su excitación.

Vio cómo se quitaba el bañador y sus ojos lo recorrieron con ansia. Era una mujer diferente a las mujeres que hasta entonces había conocido. No se comportaba con timidez, pero tampoco se mostraba atrevida. No había nada falso en su respuesta. Era totalmente sincera mostrando su deseo y no hacía nada por ocultarlo, aunque tampoco trataba de llamar su atención.

El anhelo que veía en sus ojos azules era su perdición. Le pasó el brazo por la cintura y la atrajo contra su cuerpo. Una tímida excitación iluminó su rostro. Se asombraba cada vez que se ruborizaba. Una intensa emoción lo sobrecogió y tuvo la sensación de que se movía el suelo sobre el que pisaba.

La agarró con fuerza y dio un par de pasos antes de lanzarse al agua tirando de ella.

Elaine salió del agua chapoteando, con el pelo pegado a la cara y le lanzó una mirada de odio. Pero al verlo sonreír, olvidó su enfado. Si hubiera estado de pie, sus rodillas le habrían fallado.

Se soltó de su brazo y nadó hasta la cascada, consciente de que la seguía. Luego se subió a una roca que había en la base de la cascada y se sentó recogiendo las piernas.

De un impulso, Marco salió del agua a la roca con facilidad, marcándose sus músculos bajo su piel bronceada.

–¿Enfadada? –preguntó acariciándole la base del cuello.

El contacto fue muy breve, pero sus pensamientos se volvieron perversos.

–Sí, has hecho que me mojara.

–Cuidado, un hombre puede interpretar eso de diferentes maneras –dijo y acarició el escote de Elaine.

–¿Siempre piensas en sexo?

–No siempre. Pero ése parece ser el tema cuando estoy contigo –dijo tomando sus pechos entre las manos y acariciando con los dedos los pezones.

Ella se estremeció y miró hacia la vegetación en busca de algún movimiento entre las plantas.

–Marco, estamos al aire libre.

–Es una isla privada y la tripulación se ha quedado a bordo del yate.

Se inclinó y la besó en el cuello. Elaine sintió flojear su cuerpo, rindiéndose a las sensaciones que tan fácilmente despertaba en ella.

Marco le soltó los tirantes del biquini y la dejó desnuda ante su hambrienta mirada.

–Eres preciosa –dijo él acariciándole un pezón.

Ella se estremeció y se preguntó si alguna vez alguien habría muerto de deseo.

Marco tomó agua con la palma de la mano y la vertió por encima de Elaine, dejando que recorriera su cuerpo. El contraste entre el agua fría y el calor de su piel la hizo gemir, además de incrementar su excitación.

Elaine se estiró, buscando algo a lo que aferrarse. Encontró un helecho y se agarró a él con tanta fuerza que las hojas cayeron entre sus manos.

Marco tomó más agua y volvió a atormentarla echándosela por los pechos y lamiendo las gotas con la lengua. Ella se arqueó, rogando en silencio que la poseyera. Soltó el helecho y acarició la cabeza de Marco mientras tomaba uno de sus pezones en la boca.

Luego, él soltó los lazos de la parte inferior del biquini y su mirada se tornó oscura por el deseo que despertaba el verla desnuda.

–Estoy en desventaja –dijo.

Elaine se sorprendió ante la audacia de acariciar su pene erecto por encima de su bañador. Puso la otra mano sobre su pecho y lo empujó suavemente, haciendo que sus hombros quedaran bajo el agua que caía de la cascada.

Después llevó las manos hasta la cintura del bañador

de Marco y se lo bajó, acariciando sus muslos musculosos y esquivando la zona alrededor de su erección. Él se estremeció y ella disfrutó con su respuesta. Nunca podría cansarse de su cuerpo ni de mirarlo. Era el ejemplo perfecto de cómo debía ser un hombre.

Se agachó y lo saboreó. Él la tomó por la cabeza, enredando sus dedos en los mechones mojados. Elaine no sabía si pretendía apartarla o dejarla allí, pero cuando pasó los labios por su miembro, su mano se quedó inmóvil.

Continuó dándole placer hasta que sus muslos empezaron a temblar. Marco la apartó y le hizo incorporarse para besarla con furia. Cuando se separaron, ambos respiraban entrecortadamente.

–¿Ha estado bien? –preguntó ella.

–¿Bien? Un poco más y habría acabado antes de empezar.

Marco la atrajo hacia su regazo y Elaine se sentó a horcajadas sobre él. Luego, la hizo levantarse y colocarse sobre su pene antes de penetrarla.

Con los ojos clavados uno en el otro, Elaine empezó a moverse. Estaba al borde del orgasmo, pero era demasiado pronto, aunque apenas podía contenerse. Marco deslizó su mano entre ellos y empezó a acariciarle el clítoris. Elaine se agitó y gritó, sin importarle si alguien podía oírles. Lo único que le preocupaba era la intensa sensación que la llenaba.

Marco la embistió una última vez y alcanzó el orgasmo, dejando escapar un gemido. A continuación, apoyó la cabeza sobre los pechos de Elaine y la envolvió con sus brazos. Ella lo abrazó, disfrutando de aquella cercanía que tanto la asustaba.

Había sido una estúpida al creer que podía tomarse aquella aventura como un asunto de negocios. Después de aquello, nunca podría olvidarlo. Había entrado a formar parte de ella y la había hecho cambiar.

Había hecho lo que había pensado no hacer, lo que creía que era incapaz de hacer. Había cometido un pecado imperdonable: se había enamorado de su marido.

Capítulo 9

HOY SÍ te apetece embutido? –preguntó Marco incrédulo.

Elaine tragó lo que tenía en la boca y se encogió de hombros.

–Sí, tenía buena pinta –dijo tomando otro trozo.

Se había negado a comer embutido todas las mañanas que habían desayunado en la cama, pero ese día se le había hecho la boca agua.

Llevaban en Hawái casi un mes. La venta del resort se había realizado y Marco había estado tratando de llegar a un acuerdo para adquirir la isla de Kapu. Su rostro, y otras partes de su cuerpo, ardían al pensar en la tarde que habían pasado en la isla prohibida, haciendo el amor en la cascada.

Los días después de aquello, desde que se diera cuenta de que lo amaba, habían sido una tortura. Por un lado se sentía más viva que nunca. Sentía las cosas más intensamente. Era más consciente de lo que la rodeaba. Por otro lado, sentía que se le rompía el corazón cada vez que lo miraba y pensaba en que su relación tenía las horas contadas.

Miró el plato que tenía delante de ella y se sorprendió al ver que se había comido todo.

–Creo que estaba hambrienta –dijo sonriendo.

Marco le dio un beso en la nariz y una extraña sensación recorrió su cuerpo.

–El sexo quema muchas calorías. Al menos si se hace tan bien como lo hemos hecho.

A pesar de todo lo que había compartido con él, se ruborizó.

–No puedo negártelo –dijo tomando el último trozo de embutido de la bandeja.

–¿Tienes algún plan para hoy?

Debido a que su luna de miel se había alargado tanto, Elaine había estado trabajando a distancia, ocupándose de la contabilidad de su empresa. Además, había estado preparando su plan de negocio.

–No, anoche terminé de revisar la plantilla mientras estabas en esa reunión.

–Excelente. Tengo que reunirme con el señor Naruto esta mañana para hablar del precio final por Kapu, pero después de eso podemos pasar el día juntos.

Una sensación de alegría la embriagó, dejándola aturdida. Si pudiera detener el tiempo y disfrutar del momento, lo haría. Ese deseo la asustaba.

–Puede que vaya al pueblo a comprar algunas cosas –dijo ella.

–Puedes pedirle al conserje lo que quieras.

–Lo sé, pero ¿qué otra cosa voy a hacer? No me gusta que me sirvan, sobre todo si soy capaz de ir a una tienda.

Marco se quedó mirándola. Ninguna de sus amantes hubiera optado por ir de compras pudiendo quedarse tomando el sol o comprando ropa de marca.

El corazón se le encogió. No quería reconocer que Elaine era diferente a las mujeres con las que había estado. Estaba logrando deshacer las duras capas de hielo de su corazón.

Cerró los puños y se apartó de la mujer que estaba en la cama. Era mil veces más irresistible que las diosas rubias con las que había salido en el pasado. Porque la belleza de Elaine Chapman era una mezcla de inteligencia y de ambición como la suya. Las posibilidades que les daba su matrimonio eran infinitas. Una vez ella se hiciera con el control de Chapman Electronics, una fusión con su corporación sería una operación muy rentable. Elaine tenía que saber aquellas cosas y, aunque para él era fácil bajar la guardia cuando estaban juntos, no debía olvidar que el principal objetivo de ella era hacerse con el poder.

Su cándida sexualidad le hacía olvidar que tenía que mantenerse en guardia. Pero no podía dejar de preguntarse si se estaba aprovechando de su inocencia. Era lista y seguramente sabía lo que sentía un hombre ante la virginidad de una mujer. Quizá le había parecido una ventaja entregársela a él para hacer que se sintiera obligado. Y él había permitido que lo hiciera y que entrara a formar parte de su vida.

Cuando los viajes duraban tanto, no solía compartir la habitación con mujeres. Le gustaba tener su espacio, su intimidad y, desde luego, no quería dar a una mujer una impresión equivocada. Pero había bajado la guardia con Elaine y era un error que no podía continuar haciendo.

Marco cruzó la habitación y comenzó a vestirse.

Elaine había advertido que la expresión de sus ojos había cambiado, pero no era capaz de adivinar a qué se debía. Se levantó de la cama y antes de meterse en la ducha, eligió la ropa que iba a ponerse. Cuando volvió, Marco se había ido. El que no se hubiera despedido, le dolía más de lo que debería.

Debía de deberse al síndrome premenstrual. Ésa era su excusa para justificar el estado emocional en el que se encontraba. En cualquier momento le bajaría la regla.

Su cuerpo funcionaba como un reloj gracias al milagro de las píldoras anticonceptivas.

Fue al cuarto de baño, pero todavía no había empezado a manchar. Se llevó la mano al vientre esperando sentir alguna molestia que indicara la llegada de la regla, pero no sintió nada.

Con manos temblorosas, metió lo necesario en el bolso y salió de la villa. Enseguida le bajaría la regla. Así tenía que ser. Porque si no, eso significaría que no había cumplido su parte del trato.

Se sentó al volante e ignoró los fuertes latidos de su corazón. No estaba embarazada, imposible. Tomaba la píldora.

Tomó la carretera y se detuvo en la primera tienda que vio.

«Imposible, no estoy embarazada», se dijo una vez más.

Hizo una visita a los aseos, esperando que la naturaleza le diera alguna señal de que no estaba esperando un bebé de Marco. Nada. Era demasiado pronto para asustarse.

Aturdida, recorrió la tienda hasta llegar donde estaban las pruebas de embarazo. Se llevó la mano al vientre, como si esperara encontrarlo abultado. Al empezar a leer las cajas, empezó a temblar. Al final, se decidió por tres marcas y fue a la caja a pagar.

Con la bolsa fuertemente sujeta bajo el brazo, atravesó el aparcamiento hasta el coche. Se agarró con fuerza al volante, tratando de controlar los temblores que sacudían su cuerpo. No podía estar embarazada. Tenía que ser una coincidencia que, ahora que era sexualmente activa, por primera vez su regla se retrasara. Una coincidencia.

Eso fue lo que se dijo de regreso al hotel y lo que siguió repitiéndose mientras se hacía las tres pruebas. Las fue dejando a un lado de la encimera, demasiado asustada para comprobar los resultados.

«Que no esté embarazada», rezó en silencio.

Al final se puso de pie y se quedó mirando las pruebas. Dos rayas en la primera, la palabra «embarazada» en la digital y otras dos rayas rosas en la tercera. No había ninguna duda.

Sus rodillas comenzaron a temblar y se sentó en el inodoro, sujetándose a la encimera para mantener el equilibrio.

Por un momento, lo único en lo que pudo pensar fue en que su vida estaba acabada. Había perdido la compañía, aquélla por la que tanto se había esforzado. Había firmado el acuerdo prenupcial, convencida de que Marco no se le acercaría lo suficiente como para dejarla embarazada.

Un bebé. No sabía nada de bebés. Nunca lo había querido tener un hijo, pero moralmente sentía que no tenía otra opción que tener aquel bebé. Darlo en adopción era una posible solución.

Un intenso dolor, tan real como el miedo que había sentido al ver el resultado positivo de las pruebas, la asaltó. Se imaginó en la cama de un hospital, sudorosa y cansada del parto, entregando su bebé a alguien.

No pudo evitar que una exclamación de angustia escapara de sus labios. Era incapaz de hacerlo.

Se fue a la habitación y se sentó a los pies de la cama. Le ardían los ojos, incapaz de derramar las lágrimas que tanto le hubieran reconfortado.

Así la encontró Marco una hora más tarde.

–¿Qué tal las compras? –preguntó él.

Elaine no respondió. Estaba sentada en la cama, con las piernas dobladas contra el pecho. Se la veía frágil y en estado de shock. Sus labios estaban blancos y sus ojos vidriosos.

–¿Estás bien? –preguntó Marco arrodillándose frente a la cama y tomándola de las manos–. ¿Alguien te ha hecho daño?

Una sensación de ira se apoderó de él. Se sentía capaz de destrozar a quien fuera que le hubiera puesto una mano encima.

Sus ojos se encontraron con los de él.

–No, estoy bien.

Parecía estar tratando de convencerse a sí misma.

–Bueno, no tienes buen aspecto.

Una sonrisa se dibujó en los labios de Elaine.

–Justo lo que a cualquier mujer le gusta oír.

–Estás evitando contestar.

–Estoy embarazada –dijo y se hizo un intenso silencio en la habitación.

–Me dijiste que estabas tomando la píldora.

Su voz era calmada, lo que le resultaba más aterrador que si hubiera gritado.

–Así es. No sé lo que ha pasado.

Lo miró a los ojos. Su expresión era fría. Aquello era peor que sentir la fuerza de su rabia. Ante aquella tranquilidad, no sabía cómo comportarse.

–¿No sabes cómo ha pasado?

–Marco, te juro que no lo tenía planeado. ¿Para qué? Legalmente, he perdido la compañía. Estoy tan sorprendida como tú. ¡Esto no es lo que quería! –explotó.

–¿No quieres el bebé? –preguntó él frunciendo el entrecejo.

–¡No! Quiero decir que no lo sé. No he tenido tiempo de asimilarlo. Esto lo cambia todo.

–Tu interpretación es muy buena, *cara*. Pero tanto tú como yo sabemos que esto sólo te beneficia a ti. Te da acceso a mi poder, a mi dinero durante más de los doce meses pactados. Manutención del niño, posibilidad de prolongar nuestra unión... Todo eso sería muy beneficioso para ti. Aunque legalmente, como dices, eso supone que has desistido de la compañía. No creo que fueras una directora ejecutiva eficiente con un bebé en brazos.

–¿De veras crees que he planeado esto? ¿Crees que tenía pensado concebir un hijo tuyo?

–Desde luego que no serías la primera mujer en intentar aprovecharse de un embarazo. Simplemente, serías la primera en conseguirlo.

–¿Cómo iba a pensar que esto iba a pasar? Estaba tomando la píldora.

–Quizá –dijo él agitando una mano en el aire–. Creo que lo que tenías pensado era encontrar la manera de sacar mayor beneficio a nuestro acuerdo. Si pensabas aprovecharte de un bebé para conseguir tu propósito, no lo sé. Pero sospeché que tenías motivos ocultos desde que entraste en mi oficina a proponerme matrimonio.

Sus palabras la hirieron como si de un cuchillo se tratara. ¿Había sospechado de ella desde el principio? ¿Había confiado en ella en algún momento? Un arrebato de ira se apoderó de ella, rescatándola de la inundación de lágrimas que la amenazaba.

–Si sospechabas que no era más que una cazafortunas, entonces, ¿por qué has aceptado mantener una relación conmigo?

–No era una relación, era un trato –dijo Marco y se dio la vuelta–. Sólo por curiosidad: ¿cuál es el precio de tu virginidad? ¿Un precio que no conseguiste de ningún otro hombre y que pensaste que lo conseguirías de mí? –añadió y salió de la villa.

De repente sintió náuseas y se levantó a toda prisa

de la cama para ir al baño. Apoyó la cabeza en la fría madera del tocador y dejó que las lágrimas rodaran por sus mejillas.

Marco inspiró el intenso aroma perfumado y sintió que se mareaba. Aquella mujer le había hecho hacer el ridículo. Había conseguido que sintiera algo por ella. Y durante todo el tiempo había estado conspirando contra él.

Ahora, estaba esperando un hijo suyo. Su hijo.

Había pensado que podía salvaguardarse contra cualquier cosa que estuviese planeando, pero eso... En eso había ganado porque no estaba dispuesto a abandonar a su hijo. Él no sería un padre ausente. Su hijo sería su prioridad. Lo querría y lo cuidaría a diferencia de lo que habían hecho sus padres con él y con su hermano pequeño. Eso lo tenía muy claro.

No permitiría que la madre de su hijo lo abandonara. Quería que a su hijo no le faltara nada y que tuviera a sus dos padres bajo el mismo techo. Y sabía cómo conseguirlo.

Regresó al interior de la villa, con la decisión tomada.

–Elaine.

Pálida, apareció en la puerta del cuarto de baño.

–Sólo hay una manera de resolver esto –dijo Marco.

Ella se llevó la mano al vientre.

–No voy a renunciar a este bebé.

–No voy a pedírtelo. Seguiremos casados. Es la única opción.

Elaine sintió horror y euforia a la vez.

–¿Cómo?

–No es lo que yo habría elegido, pero no quiero ser

un padre a tiempo parcial. Tampoco quiero privar a mi hijo de su madre. Eso nos deja con una sola opción.

–Millones de personas comparten la custodia de sus hijos...

–No quiero ser una más –dijo Marco interrumpiéndola–. No está bien tratar a un niño como si fuera un estorbo. A mis padres no les importábamos. Mi padre nos echó a la calle a mi madre, a mi hermano y a mí cuando tenía doce años. Después de dos años viviendo en albergues, mi madre conoció a un hombre rico al que no le gustaban los niños, así que dejó que nos buscáramos la vida mientras ella llevaba una vida de lujo. Nunca dejaré que un hijo mío se sienta insignificante y que sufra esa clase de indiferencia.

De repente, Elaine comprendió su pasión por la causa de los niños sin hogar y su negativa a hablar de su familia. Había sido un niño sin hogar, no un huérfano. Sus padres habían estado demasiado absortos en sus propias vidas para preocuparse de la de sus hijos.

Elaine sintió una punzada de dolor en el corazón por el niño que había sido y el hombre en que se había convertido. Era un hombre que no sabía confiar y que no creía en el amor. ¿Cómo culparlo? Comprendió su dolor y la rabia que sentía desapareció.

–Si estás de acuerdo con que sigamos casados, haré que redacten un nuevo contrato que te garantice la titularidad de Chapman Electronics, además de una generosa manutención.

No se había olvidado de la compañía ni de su deseo de ser la propietaria. Pero no continuaría en aquel matrimonio sólo por esa razón, especialmente ahora que la naturaleza de la relación había cambiado y que sabía lo que pensaba de ella. Claro que ahora que sabía cómo había sido su infancia, cómo había tenido que arreglárselas y cuidar de su hermano pequeño, no podía negarle la oportunidad de tener una familia y de reparar aquel aspecto de su vida.

–Acepto –dijo Elaine.

Él rió con ironía.

–Tengo la sensación de que entenderás mi punto de vista.

Elaine sintió que se le rompía el corazón por él, por ella y por todo lo que habían compartido y habían perdido.

Al día siguiente volaron de regreso a Nueva York. Marco permaneció callado y la evitó, manteniéndose ocupado con el trabajo. Ella intentó hacer lo mismo, pero pasó la mayor parte del vuelo en el baño vomitando.

Cuando el avión aterrizó, Elaine caminó con piernas temblorosas hasta el coche que estaba esperándolos. El camino de vuelta hasta el ático fue tan silencioso como lo había sido el vuelo. Marco la odiaba. La había juzgado y la había considerado culpable basándose en todo lo que había ocurrido en su vida.

No podía culparlo. Sabía lo que era estar influenciado por experiencias anteriores y tener heridas que no eran patentes a simple vista.

Había pasado toda la vida tratando de demostrar a su padre que no era como él creía. Se había esforzado en conseguir todo aquello que su padre pensaba que era incapaz de lograr. También se había esforzado en que la sombra de su madre no la influenciara.

Su madre había sido una mujer débil y siempre había necesitado a alguien para que llenara su vida. Se había mostrado tan desesperada por conseguir la atención de un marido que no la amaba, que había caído en los brazos de innumerables amantes, además de en las drogas y el alcohol. Había acabado suicidándose. Una combinación de narcóticos, un Ferrari y un árbol, habían puesto fin a su vida cuando ella era pequeña.

Elaine entendía la amargura que Marco llevaba en su interior. Al menos, a ella su padre la quería, aunque intentara imponerle su mentalidad retrógrada. Lo que Marco había soportado era indescriptible y sabía que sus heridas eran más profundas que las suyas.

Elaine se mareó en el ascensor en el viaje de subida hasta el ático de Marco. Apenas llegó al cuarto de baño, empezó a vomitar.

Una mano cálida la tomó por la frente y trató de apartarse. Odiaba que Marco la viera en aquella situación, inclinada en el inodoro, sudando y tiritando.

–¿Esto es normal? –preguntó preocupado.

–Me temo que sí. Al menos, es lo que tengo entendido por lo que he oído a mis compañeras del trabajo.

–Debes ir al médico. Esto no puede ser bueno para el bebé. No estás comiendo lo suficiente.

Estaba preocupado por el bebé y no por ella. Aun así, tuvo una sensación placentera en el corazón. Le importaba el bebé, al igual que le estaba empezando a pasar a ella. Al principio se había asustado, incapaz de creer que estuviera embarazada. Pero ahora que los síntomas estaban tan claros, ahora que se sentía diferente, era fácil creer que había un niño creciendo en su interior.

–Lo sé –dijo incorporándose–. Llamaré a mi ginecólogo.

–¿Cómo se llama? –preguntó Marco.

–Doctora Alyssa Calvin.

Tan pronto como Elaine le dijo el nombre, Marco

sacó el teléfono del bolsillo y apretó un número de la memoria.

–Cassie, necesito que llames a la doctora Alyssa Calvin y que pidas cita hoy a la una para la señora Elaine de Luca –dijo y apagó el teléfono.

–¡Marco! ¿Y si tiene citas?

–No me preocupa –dijo encogiéndose de hombros–. Hoy no estoy ocupado y quiero estar presente.

–¿Y si yo no quiero que estés? –preguntó, consciente de que era una batalla perdida.

–¿Pretendes que me pierda la confirmación de nuestro pequeño milagro? ¿Hay algún motivo para ello?

–¿Crees que te he mentido y que no estoy embarazada?

–No sería la primera vez que algo así ocurre.

–¿Crees que me lo he inventado? –preguntó señalando el inodoro.

–Conozco a muchas mujeres capaces de vomitar cuando quieren.

–No voy a pasar el resto de este matrimonio tratando de demostrarte que no estoy conspirando contra ti.

Una sensación de vértigo la hizo perder el equilibrio. Marco alargó el brazo para sujetarla, acercándola a su cuerpo. Era la primera vez que estaba tan cerca después de descubrir que estaba embarazada y se dejó caer en sus brazos. Su cuerpo deseaba sentir el calor del suyo.

Marco sintió la humedad de sus lágrimas traspasar su camisa. Un sentimiento de culpabilidad lo asaltó. No era un hombre al que le gustaran las sorpresas. Estaba acostumbrado a tomar decisiones y ejecutarlas. No había lugar para dudas ni para confusiones. Pero con Elaine, no estaba seguro de nada. A pesar de que era una mujer fuerte, también podía llegar a ser vulnerable. Quería culparla por lo que había pasado, pero a la vez deseaba tomarla entre sus brazos y prometerle que todo saldría bien.

–Lo siento, Elaine.

–¿Por qué? –dijo agitándose entre sus brazos.

–Por lo que he dicho hace un momento. Sé que es cierto que estás embarazada.

Elaine se apartó de él y se giró hacia la cómoda, tratando de recogerse el pelo.

–Pero no te arrepientes de decirme que todo esto ha sido una maniobra mía desde el principio.

–No me negarás que parece algo muy oportuno.

–Sí, muy oportuno –dijo ella sonriendo–. Los vómitos, unido al hecho de estar casada con un hombre que cree que soy capaz de concebir un hijo para poner las manos en su dinero, son las cosas más oportunas que me han ocurrido en la vida.

Sus ojos azules se llenaron de lágrimas y rápidamente empezaron a rodar por sus mejillas.

Marco sintió que el corazón se le encogía. Su angustia le producía dolor. Apretó los dientes y trató de contener aquella emoción.

–No me gusta que me manipulen, Elaine –dijo alejándose de ella–. No pierdas el tiempo intentando sacar mi lado amable con tus lágrimas.

Tuvo que esforzarse por alejarse de ella y que no le afectara. Nunca antes había puesto sus sentimientos en sus relaciones, pero con Elaine había ido demasiado lejos.

Había sido un error. Había confiado en ella y había permitido que significara algo en su vida. Había salido de la nada, había construido un imperio multimillonario y no dejaría que aquella mujer lo afectara.

No volvería a cometer el error de confiar en ella.

Capítulo 10

TODO parece estar bien, señora De Luca –dijo la doctora Calvin mientras le secaba el gel del vientre–. Volveré a verla el mes que viene, pero si antes tiene alguna duda, llámeme.

Elaine abrió la boca para decir que no tenía preguntas, pero Marco, que estaba a su lado junto a la camilla con los brazos cruzados, intervino.

–¿Está segura de que puede seguir trabajando?

–Puede continuar con su actividad normal.

–Pero si su trabajo es demasiado estresante...

–Entonces, dele un masaje cuando llegue a casa. Mire, señor De Luca, las mujeres llevan toda la vida teniendo hijos. Su esposa no es la primera mujer que está embarazada.

Elaine trató de ocultar su sonrisa. Marco cada vez parecía más alterado.

Era fácil imaginarlo como un marido preocupado más, aunque sabía que no era cierto. Ella era tan sólo el vientre en el que se estaba formando su hijo, la figura femenina que desempeñaba el papel de madre de su heredero. Le había dejado muy claro aquella misma mañana que la odiaba. El único motivo por el que se había preocupado por ella había sido por la salud del bebé.

Aun así, disfrutaba con su atención y deseaba sentir sus caricias y sus besos. Era humillante amarlo tanto cuando sabía que se habría deshecho de ella si su conciencia se lo hubiera permitido.

Al salir de la consulta, la limusina de Marco estaba esperándolos en la puerta.

–Tengo que ir a la oficina.

–Entonces, yo también me iré a trabajar. La doctora ha dicho que no había inconveniente.

–Necesitas descansar. Debes de tener jet-lag y estuviste vomitando durante todo el vuelo.

–Tengo que revisar unas cosas –insistió Elaine.

–De ninguna manera –dijo antes de dar instrucciones en italiano al conductor por el interfono.

El coche se detuvo y Marco se bajó despidiéndose con la cabeza. El portazo que dio al salir dejaba adivinar la ira que había preferido silenciar.

Ella se acomodó en el asiento, luchando contra las lágrimas que amenazaban con volver a rodar. Estaba cansada. Quería irse a casa y dormir, pero no estaba dispuesta a que Marco le diera órdenes y cuanto antes se diera cuenta, mejor.

–*Scusi?* –dijo apretando el intercomunicador.

–¿Sí?

–He cambiado de opinión. Me refiero a lo de ir a casa. Tengo que pasar por mi oficina. Está en la Sexta Avenida.

Pasó medio día intentando no quedarse dormida en su mesa y se llevó el resto del trabajo al ático para terminarlo en la comodidad de su cama.

Paolo, el chófer de Marco, había estado a su disposición y la había llevado a su restaurante chino favorito para comprar comida para llevar. Había pedido de más con la esperanza de que Marco volviera a tiempo de cenar y que lo hiciera con ella. Ambos deseos eran improbables, pero tenía esperanzas.

Cualquier otra persona se habría enfadado por las conclusiones a las que había llegado, pero empezaba a tener claro que en lo referente a Marco sus sentimientos desafiaban la lógica. Sentía lástima por aquel muchacho al que nadie había enseñado a conocer el amor verdadero y desinteresado y que se había convertido en un hombre incapaz de confiar en nadie por miedo a que volvieran a hacerle daño.

Ella también había sufrido. La suya había sido una familia desestructurada y eso le había afectado. También le había afectado lo que le había pasado con Daniel. Pero ninguna de aquellas cosas importaba. Estaba construyendo una nueva familia con Marco y su hijo y quería que fuera una buena vida, mejor que la infancia que Marco o ella habían tenido.

Descubrir que estaba embarazada había sido la cosa más aterradora que le había pasado, pero después de ir al médico, después de ver en la ecografía la pequeña vida que se estaba formando, sabía que quería a su bebé.

Todavía no sabía qué haría con la compañía de su padre. Le importaba mucho, puesto que llevaba toda su vida laboral preparándose para hacerse con Chapman Electronics. Pero el bebé estaba primero. En ese asunto, tanto Marco como ella estaban de acuerdo.

Su estómago pedía alimento así que no pudo esperar más y cenó, abandonando la idea de hacerlo con él. Después, decidió trabajar un rato y esparció los papeles sobre la mesa. Intentó no mirar el reloj ni prestar atención al sonido del ascensor.

Al final, el cansancio pudo con su deseo de esperar a Marco despierta y se quedó dormida en el sofá, con los documentos sobre el regazo.

El sonido de las puertas del ascensor la sacó de su sueño.

–¿Marco?

–Deberías estar en la cama –respondió él entrando en el salón.

–Estaba trabajando y me he quedado dormida –dijo ella estirándose.

–Necesitas descansar. Esto no es bueno para el bebé.

–Hay comida china que ha sobrado en la nevera.

–Ya he cenado.

Le molestaba que hubiera cenado sin ella. Era una tontería, pero en Hawái, antes de saber que estaba embarazada, habían hecho juntos todas las comidas. Su rostro se sonrojó al recordar el día en que habían compartido en la isla privada. El hombre de aquel recuerdo y el que tenía delante, no tenían nada que ver.

Elaine se levantó y avanzó hacia él. Marco comenzó a dirigirse hacia su despacho.

–Tengo cosas que hacer –dijo justificándose–. Tengo que madrugar así que no creo que nos veamos por la mañana. Descansa.

La dejó allí de pie, tratando de no dejarse llevar por la tristeza que la embargaba.

Durante la siguiente semana, Marco se las arregló para evitarla. Pasó la mayor parte del tiempo en su oficina o en el despacho de su casa. Elaine deseaba cerrar el abismo que se había abierto entre ellos, pero él parecía decidido a hablarle lo menos posible. Las pocas veces que le hablaba eran para preguntarle cómo estaba y lo hacía por su preocupación por el bebé.

Miró el reloj de la pared de su cubículo. Eran casi las nueve y seguía en el trabajo. Todos sus compañeros se habían ido hacía horas y seguía allí sentada, comprobando por cuarta vez unos datos y añadiendo información a sus proyectos para Chapman Electronics. No quería volver a casa y enfrentarse al silencio de Marco.

A las diez decidió que no podía seguir retrasando su regreso al ático. A esa hora, Marco debía de estar encerrado en su despacho, ignorando su paradero.

Al llegar, se encontró a Marco de pie, junto al bar del salón. Parecía preocupado.

–¿Dónde has estado? –preguntó dejando sobre la barra su copa de whisky.

–Trabajando. La doctora dijo que podía seguir trabajando. No tengo que seguir órdenes tuyas.

–No, pero deberías tener un poco de sentido común.

–Ni que hubiera estado corriendo la maratón de Nueva York. No creo que estar sentada en una mesa sea algo arriesgado –dijo, sintiendo que la adrenalina se disparaba por sus venas.

–¿Era eso lo que estabas haciendo? Porque llevo horas imaginando qué te podía haber pasado. Podías estar herida. Algo podía haberle pasado al bebé. Ni siquiera te has molestado en avisarme de que llegarías tarde. Te llamé al móvil, pero no lo tenías operativo.

Estaba tan cerca de ella que podía percibir su olor, lo que le recordaba placeres prohibidos. Placeres que parecían de otra vida.

–Lo siento. No quería preocuparte.

Era cierto. No se había imaginado que Marco fuera a preocuparse.

–¡Te podía haber pasado cualquier cosa! –exclamó y le acarició el labio inferior con un dedo–. Te imaginaba herida y no podía localizarte. No vuelvas a hacerlo.

La tomó por la cintura y devoró su boca con desesperación.

Elaine no pudo hacer otra cosa más que entregarse a su pasión. Lo rodeó por el cuello y se olvidó de la sensación de frustración que la había acompañado los últimos días.

Marco la atrajo hacia él para que sintiera su erección. Quería que supiera lo que le provocaba, lo que era incapaz de controlar.

La rabia había dado paso a una pasión desesperada. Al volver a casa y no encontrarla, Marco se había imaginado que se había marchado, que había regresado a su antiguo apartamento o que simplemente había desaparecido. Había llegado a creer que nunca vería a su hijo, que no podría cuidarlo y educarlo. Se había prometido que, si alguna vez tenía hijos, su cuidado sería su máxima prioridad y, por un momento, había pensado que no podría hacerlo.

También había imaginado no volver a ver a Elaine, no volver a besar sus labios ni a hundirse en su cuerpo.

No se iría. Sabía que no lo haría porque, si no, se quedaría sin la compañía de su padre. Viejos temores lo asaltaron. Se imaginó solo, apartado.

«Es por el bebé».

Si no fuera por el bebé, aquella cazafortunas se iría y buscaría otro hombre al que embaucar. Lo que sentía por ella era deseo y lujuria. No debería desearla de aquella manera sabiendo lo que era, pero aun así, no podía dejar de ser un esclavo de su pasión por ella.

–Te necesito –susurró ella temblorosa, con voz entrecortada.

–Yo también te necesito, *bella. Amore mia* –dijo y le arrancó la blusa, descubriendo su piel–. Eres preciosa. No puedo esperar –añadió tomándola en brazos y enfilando el pasillo.

Elaine abrió los ojos como platos, sorprendida.

La tumbó en la cama y se inclinó sobre ella, besándola en los labios. Elaine se estremeció. Ardía en deseos y estaba lista para el siguiente paso. Pero Marco estaba decidido a hacerla esperar. Quería que sintiera la desesperación que lo consumía.

Su corazón latía con fuerza al desabrocharle el sujetador y dejarla desnuda. Sus pezones rosados estaban erectos, buscando la atención de su boca. Lamió sus pechos y ella se arqueó, dejando escapar un gemido.

–Marco, no puedo esperar.

Él alzó la cabeza y la tomó por la barbilla.

–La espera hace que sea más dulce, *cara mia.* Quiero que ardas por mí.

–Ya estoy ardiendo –susurró, mirándolo con sus intensos ojos azules.

–Por mí, sólo por mí.

–Sí, Marco, mi amor. Por favor.

Se quitó la ropa todo lo rápido que pudo y se tumbó en la cama junto a ella. Luego, le desabrochó los pantalones y se los bajó junto con las bragas.

Acarició con un dedo la parte interna de su muslo, haciéndola estremecerse.

–Elaine, *bella*, estaría toda la noche explorando tu cuerpo, pero no puedo esperar.

Le separó los muslos y se colocó entre ellos. La punta de su pene rozaba su humedad.

Elaine se aferró a sus hombros, clavándole las uñas en la piel. Su gemido de placer al penetrarla, le hizo ponerse al límite. Marco contuvo un gruñido y tensó todos los músculos de su cuerpo, en un intento por mantener el control.

Sus dulces suspiros femeninos hacían que le fuera imposible contenerse. No podía pensar en otra cosa que no fuera el éxtasis que con cada embestida estaba más cerca. Se hundió más profundamente en ella, sintiendo su inminente orgasmo. Ella lo rodeó con sus piernas por la cintura, arqueándose mientras se dejaba llevar por los espasmos.

Se quedaron tumbados entrelazados. Sus respiraciones eran entrecortadas.

Lo había llamado amor.

Se apartó de ella y se incorporó. Luego se levantó y se fue al cuarto de baño, cerrando la puerta a sus espaldas. Abrió el grifo del agua fría de la ducha y trató de poner orden a los sentimientos confusos que invadían su cuerpo.

Elaine se llevó las rodillas al pecho y trató de tranquilizarse. Cerró los ojos y trató de no pensar en el sonido de la ducha. Era el sonido de Marco limpiándose su olor de la piel.

Sentía náuseas. No había excusas para el modo en que se había comportado, para cómo se había comportado. Marco había dejado claro cuáles eran sus sentimientos por ella y, aun así, se había ido a la cama con él, lo que le hacía sentirse avergonzada. Sabía que no la amaba, pero tampoco la odiaba. Esa noche, tan sólo había sido un cuerpo para él, nada más que un instrumento para saciar sus necesidades físicas. La había llevado a la cama y había disfrutado de ella de la manera más íntima y todo, sin dejar de odiarla durante todo el tiempo.

Salió de la cama y recogió su ropa del suelo. Cerró los puños intentando detener el temblor de su cuerpo. Las lágrimas le impedían ver. No le gustaba lo que había hecho. Había permitido que la usara de aquella manera aun sabiendo lo que sentía por ella.

Sería muy sencillo culpar a Marco, pero ella era la única culpable. Se había comportado como la mujer débil que siempre había odiado.

No sabía por qué, pero ahora toda su vida dependía de Marco. El destino de su empresa, su felicidad, su autoestima... Todo. Había despreciado a su madre, incapaz de comprender por qué había permitido que la indiferencia de su padre la destrozara. Ahora entendía cómo podía pasar, puesto que le había ocurrido a ella.

Marco no la amaba y nunca lo haría. En su imaginación se había creído capaz de hacerle entender lo que era el amor, consiguiendo que la amara. No se le había pasado por la cabeza que no funcionaría. Había llegado a creer que tendrían un final feliz.

Se imaginó en el futuro, convertida en una mujer amargada e infeliz, incapaz de darle a su hijo el amor y el apoyo necesarios por haber gastado todas sus energías en intentar conseguir el cariño de su esposo.

Se llevó la mano a la boca para evitar sollozar. Luego, se vistió a toda prisa y volvió a su habitación. Cerró la puerta con el pestillo y se dejó llevar por la desolación.

Capítulo 11

A LAS CINCO y media de la mañana siguiente oyó abrirse la puerta de Marco. No había podido dormir y se había puesto a hacer las maletas. Tan sólo había recogido lo básico y nada de lo que había sido comprado con el dinero de Marco. Aceptaría recibir el dinero de la manutención del niño, pero nada para ella.

Abrió la puerta y se fue sigilosamente a la cocina.

Marco se giró. Su semblante era inexpresivo. No había ningún indicio de lo que había pasado entre ellos la noche anterior.

–Te has levantado pronto. ¿Te encuentras bien?

–Estoy bien –respondió Elaine tragándose el nudo que se le había formado en la garganta.

Marco le dio la espalda para servirse una taza de café. No pudo evitar reparar una vez más en su imponente físico. Respiró hondo e ignoró la punzada de dolor que sentía en el corazón. Quizá nunca tuviera la oportunidad de volver a verlo y disfrutar de su belleza masculina.

–Marco, quiero el divorcio.

Él se quedó inmóvil y sus hombros se pusieron rígidos.

–Che cosa?

–No hablo italiano.

–Y yo debo de tener problemas de audición porque me ha parecido oírte que querías el divorcio.

–Así es –dijo ella tratando de mantener la calma.

–Si te vas, perderás la compañía de tu padre. Lo sabes, ¿verdad?

–Lo sé. Teníamos un acuerdo y lo estoy rompiendo. El contrato estaba muy claro.

Sabía que estaba perdiendo la oportunidad de hacerse con la empresa de su padre y, lo que era más doloroso, estaba perdiendo a Marco. Pero tenía que hacerlo. No podría soportar descubrir un día que había dejado de ser ella misma al tratar de ganarse el amor y el afecto de un hombre que no sentía nada por ella. El dolor era demasiado fuerte.

–¿Y qué hay del bebé?

–Voy a tenerlo. Mucha gente comparte la custodia de sus hijos y nosotros también podemos hacerlo.

Marco palideció antes de darse la vuelta.

–Si eso es lo que quieres, no me opondré. Yo tampoco quería casarme contigo. Sólo sugerí que intentáramos que funcionara por el bien del pequeño y por el tuyo también. Tu vida habría sido más fácil. Le diré a mi abogado que se ponga en contacto con el tuyo y que redactemos un acuerdo de custodia que nos satisfaga a ambos.

A Marco no parecía importarle que se fuera. Quizá no la odiara. Quizá el odio era un sentimiento demasiado apasionado para sentirlo por ella.

–He guardado mis cosas. Iba a dejar el resto.

–Como quieras –dijo sin girarse para mirarla.

–Entonces, mi abogado será informado.

–Así es –replicó Marco sin esforzarse por mirarla.

Marco se quedó escuchando las suaves pisadas de Elaine sobre el suelo de madera hasta que oyó el sonido del ascensor. Luego, lanzó la taza contra la pared y se quedó mirando cómo el café caía por la pared blanca.

Apretó los puños tratando de controlarse. La había tenido en su cama la noche anterior. Se había aferrado a él, había gritado su nombre al unirse sus cuerpos y, ahora, se marchaba.

¿Por qué se iba? ¿Por qué lo hacía sabiendo que perdería la compañía de su padre? Apretó los dientes. No importaba por qué. Era mejor que se fuera. Mejor en ese momento que dentro de diez años. Lo cierto era que nunca había pensado que se quedaría.

Al menos, había dejado que se fuera sin traicionar su dolor. A su madre le había pedido que no se fuera, pero no había servido para nada. No se rebajaría otra vez y menos por una cualquiera.

Echó un vistazo al salón. Estaba impecable. Todos los papeles que últimamente llenaban la mesa, ya no estaban. Elaine se había ido.

Elaine se sentó en su mesa, en la privacidad de su cubículo y fijó la mirada perdida en la pared.

En ocasiones, algún olor o algún sonido le hacía recordar el tiempo que había pasado con Marco y un dolor la asaltaba.

Parpadeó. Le escocían los ojos. Ya no le quedaban lágrimas por derramar después de una semana sin parar de llorar. Lo único que le quedaba era un intenso dolor.

–¿Señora De Luca? Esto acaba de llegar para usted.

Se giró y vio a una de las secretarias con un sobre en la mano.

La muchacha se acercó y le entregó el sobre.

–¿Se encuentra bien? No tiene buena cara.

–Estoy bien –contestó Elaine.

La secretaria se fue, dejando a Elaine con expresión de preocupación. Temblando, abrió el sobre. Dentro había una carta y rápidamente se puso a leerla en busca de la palabra «divorcio».

Cuando terminó, su corazón latía con fuerza. Le había dado la compañía, se la había regalado.

Maldijo entre dientes y dejó que la carta cayera al suelo. Le había dado todo, pero no lo que más deseaba. Lo quería a él. Con amargura, descubrió que la compañía, la ambición de toda su vida, no significaba nada para ella si no podía tener a Marco a su lado.

El sábado por la mañana, Elaine recorrió el vestíbulo de Chapman Electronics y tomó el ascensor hasta el piso superior, en el que estaba su nuevo despacho.

La antigua secretaria de su padre, Lynne, había accedido a ir esa mañana y ayudarla a familiarizarse con las cosas.

Abrió la puerta del despacho y sonrió. Estaba tal y como lo recordaba, con muebles oscuros y una vieja alfombra verde. En cuanto pudiera, lo cambiaría todo.

Se sentó y apoyó la cabeza en la mesa. De repente reparó en que no tenía a nadie con quien compartir aquel momento. Deseaba sentir las caricias de Marco y escuchar su voz. Apretó los puños y se irguió. Ése era el motivo por el que se había ido. No podía ser saludable aquel amor no correspondido. El dolor y los sentimientos desaparecerían, tenían que hacerlo.

Pasó el resto de la mañana poniéndose al día con la inestimable ayuda de Lynne hasta que llegó la hora de comer.

–Voy a encargar comida china. Lynne, ¿quieres algo?

–No, gracias. Lo cierto es que tienes una comida de trabajo.

–¿Ah, sí?

–Sí. Es una cita hecha hace tiempo que no pudo ser cambiada. Sabrás arreglártelas, eres una chica lista.

–Gracias, Lynne. Aun así, pediré comida china.

–Yo lo haré por ti –dijo Lynne, saliendo del despacho con una sonrisa en los labios.

–Pollo agridulce, por favor –gritó al cerrarse la puerta.

Por primera vez en más de una semana, el dolor de su pecho disminuyó. No sabía de qué iba aquella comida y mucho menos estaba lista para afrontarla. Se acomodó en su asiento y se atusó el pelo.

Cinco minutos más tarde se abrió la puerta del despacho y el aroma a pollo crujiente llenó la habitación. Estiró el cuello y parpadeó. Debía de estar alucinando porque era imposible que Marco estuviera en la puerta con los recipientes de la comida.

–Supongo que sigues teniendo antojo de pollo agridulce, ¿no? –dijo entrando en el despacho.

–¿Es contigo con quién tengo una cita para comer?

–Sí, lo siento, le pedí a Lynne que te dijera una mentirijilla.

–¿Qué estás haciendo aquí?

–He venido a verte.

–¿Has venido con tu abogado?

–Pensé que sería mejor que habláramos nosotros –dijo Marco sentándose frente a ella.

Se había sorprendido tanto al verlo, que hasta ese momento no había reparado en su aspecto cansado.

–Quiero que vuelvas –añadió.

Elaine se llevó la mano al pecho, como si quisiera evitar que se le saliera el corazón. Era un sueño hecho realidad. Excepto que era ella la que lo había dejado y sus razones para hacerlo seguían latentes. Lo amaba con todo su cuerpo y alma, pero no podía soportar ese amor no correspondido.

–No puedo, Marco –dijo lentamente.

–¿Qué quieres? ¿Una asignación económica? ¿Otra casa? Puedo darte lo que quieras.

–No, no creo que puedas hacerlo.

Marco soltó una maldición y se levantó bruscamente.

–¿Quieres que te lo suplique? Porque juré que nunca más pasaría por alto mi orgullo. Pero si eso es lo que hace falta para que vuelvas a casa conmigo, mandaré mi orgullo al infierno. Por favor, Elaine. Ven a casa.

–Marco...

–Te quiero y haré lo que haga falta para que tú también me quieras.

Elaine sintió que la boca se le quedaba seca.

–Lo dices por el bebé.

–No. Has dejado un gran vacío en mi vida. Echo de menos tu risa, tu ingenio, tu belleza, tu cuerpo, los papeles que dejas sobre la mesa... Echo de menos tu olor, tus caricias, discutir contigo. Te echo de menos, Elaine y quiero que vuelvas a casa conmigo. Quiero que seas mi esposa en el más amplio sentido de la palabra.

–Pero parecías tan indiferente cuando me marché... –dijo ella con lágrimas en los ojos.

–Fui un idiota. Me dejé llevar por el orgullo. No quería que supieras lo que habías llegado a significar para mí. Pero me he dado cuenta de que nada tiene sentido si no puedo tenerte. Preferiría perder todo lo que tengo que perderte a ti. Sé que te dije cosas imperdonables cuando me contaste lo del bebé y no hay excusas que valgan –dijo y rodeó la mesa antes de arrodillarse junto a ella y tomar sus manos–. Sólo puedo explicarte lo que siento. Me resultaba más fácil convencerme de que me estabas embaucando, que no eras quien creía que eras. Cualquier cosa con tal de no reconocer lo que sentía por ti. Pero nada ha funcionado. Me había enamorado de ti, pero estaba siendo demasiado idiota para darme cuenta. Cuando dijiste que te ibas, creí que era lo mejor. Pero en cuanto te fuiste, me di cuenta de que me estaba engañando. Sé que no sientes lo mismo, pero puedo hacerte feliz. Podemos ser una familia.

–Marco, te quiero mucho –dijo rodeándolo por el cuello.

–Pero te fuiste...

–Lo sé. Yo fui más idiota que tú –dijo ella sonriendo, mientras unas lágrimas caían por sus mejillas–. Tenía miedo de que, si me quedaba, acabara siendo como mi madre. No quería dejar de ser yo misma para ganar tu amor. Pensé que no me había afectado mi infancia y que eras tú el que necesitaba aprender lo que era el amor. Pero abrí viejas heridas en un intento por protegerme del dolor. Fui una cobarde.

–No más que yo. Cuando te fuiste, me sentí perdido. Nunca antes había sentido tanto dolor. Supe que cometía un error dejándote marchar, pero no quería rebajarme y rogarte que te quedaras.

–Oh, Marco, lo siento.

–Tenemos que empezar de cero y construir un futuro sólido –dijo poniéndole la mano en el vientre.

–¿Por qué me diste la compañía de mi padre?

–Porque eso era lo que querías y quería que fueras feliz, aunque tu felicidad no tuviera que ver conmigo. Al menos, eso es lo que me dije. Pero hoy... No pude soportarlo más –dijo y la besó suavemente en los labios–. Me gustaría que pudiéramos trabajar juntos reconstruyendo Chapman Electronics. Me gusta cómo piensas y quiero tener la oportunidad de verte en acción.

–¿Qué pasará cuando nazca el bebé?

–Haremos lo que creas que es mejor. Podemos poner

una guardería en el edificio o alternarnos para quedarnos con él.

–Bueno, ésa es una propuesta muy moderna viniendo de ti. Pero todavía no sé qué quiero hacer cuando nazca el bebé. Me gustaría quedarme en casa unos meses con él. También sé que te quiero y que quiero pasar el resto de mi vida contigo. ¿Qué te parece?

–Creo que entonces el matrimonio es la única salida que tenemos –dijo besándola en el cuello.

–¿De veras?

–Umm. He hecho mis averiguaciones –contestó él, abriéndole los botones de la blusa antes de besarle los pechos–. Y según lo que he descubierto, tú y yo estamos destinados a estar juntos por siempre.

–¿Ah, sí?

–Es un hecho indiscutible. Mis números son siempre correctos.

La besó en el cuello y ella se echó sobre él.

–¿Y cómo has llegado a esa conclusión?

–Muy fácil. Te quiero. Y siempre, durante todos los días de mi vida, te querré y te cuidaré.